集英社オレンジ文庫

レディ・ファントムと灰色の夢

栢山シキ

JN054171

レディ・ファントムと灰色の夢

Contents

レディ・ファントムと
灰色の夢

序章 ✺ レディ・ファントムとすみれの姫君

エイベル伯爵令嬢クレア・フォスターは、十七になる年の十一月に初めて女王の住まうエルトン宮殿へと足を踏み入れた。何も特別の理由があってのことではない。このオルランド王国で貴族の娘として生まれたからには、当然経験すべき儀式のためだ。

女王との初謁見《えっけん》。特別な宮廷用衣装――襟《えり》ぐりの開いた、袖《そで》の短いドレスと、引きずるほど長いトレーン。美しく結い上げた頭にはヴェールを被り、肘《ひじ》まである長いオペラグローブを嵌《は》めた手にはブーケを持つ――に身を包んだ少女たちは、女王からの祝福を与えられて初めて、子ども部屋から社交界へ飛び出す許可を得られる。

クレアもまた、この日のために誂《あつら》えられたドレスを纏《まと》っていた。伯爵家として最大限の贅《ぜい》を凝《こ》らしたドレスは重く、左腕に抱えたトレーンは長すぎて、しっかり抱えていないとずり落ちていく。なんとか大階段を上りきったところで、目当ての広間を見つけた。すました顔をして扉の前に立っている案内役の小姓《こしょう》に、紹介人である親戚の侯爵夫人と、クレア自身の名前を記したカードを渡すと、小姓はもったいぶった仕草でそれを検《あらた》め、ゆっくりと広間の扉を開いた。

広間の中には、両手の指を使っても数えきれないほどの令嬢たちが、同じ型の――とはいえ、ひとつとして同じ意匠のものはない。娘の晴れ着に手をかけない貴族などひとりとしていないからだ――ドレスを身に纏って、謁見の順番待ちをしていた。この中にいる令嬢全員が謁見してから自分の番がくるのだと悟って、クレアは早々にうんざりし始めた。

広間の壁には、所せましと絵画が飾られている。順番待ちの無聊《ぶりょう》を慰めるためか、それとも所有する絵画の美しさを誇るためか、理由としてはどちらもだろう。重いトレーンをゆすりあげ、クレアは他の令嬢に交ざって絵画の鑑賞を始めた。見るともなしに眺めている間に、一枚の絵画に目が吸い寄せられる。

それは、美しい女性の絵だった。金に近いが、オルランド王家特有の白金髪を高く結い上げ、真珠やオパールなど、白を基調とした宝石で飾っている。レースの襟を高く立て、襟もとを台形に仕立てて白い胸元と細い首を強調するデザインは、今から八十年ほど前に流行したデザインだ。榛《はしばみ》色の瞳は優しそうに和《なご》み、桃色の唇は緩やかに弧を描いている。唇の右端には、羽根ペンの先で突いたようなほくろがあった。

ここに飾られているからには、そこらの令嬢などではないだろう。じっと目を凝らすと、背景に白い薔薇《ばら》が描き込まれていることに気づいた。八十年ほど前の王家に連なる女性で、白薔薇となると、クレアはひとりしか思い浮かばなかった。

先代国王の妹君、パール・アレクシア。海を隔てた隣国、フォルクマーのフェルモ王太子と熱烈な恋に落ち、嫁いでいった女性だ。彼女の恋物語は現在でも人気で、数々の小説のモチーフになったり、演劇の題材になったりしている。

(夫と死別後、生国《しょうごく》に戻されたことを考えると、そう幸せでもない気がするけど)

幸せそうに微笑《ほほえ》むパール王女の肖像画を見上げて、クレアは胸中で独り言《ご》ちた。

両国の不仲や他の妃候補との問題を乗り越え海を渡ったパール王女は、しかし嫁いで三年後に夫と死に別れ、子どもがないことを理由に故国に帰された。それを憐《あわ》れんだ父王は以来パール王女をどこにも嫁がせることなく手元に置いたというが、恋夫《こいづま》を亡くし、あっけなく嫁いだ国からも追い出された女性の胸中は如何《いか》ばかりか。

(……こんな顔をなさっていたのね)

貴族といえど、そう簡単に王族にお目にかかれるわけではない。生まれるはるか前の王族ともなれば、象徴やエピソードは知っていても、実際に肖像画を見ることもない。おそらくは、この広間にある人物画はほとんどが王族を描いたものなのだろう。初めて社交界に足を踏み入れようとする令嬢たちが、今まで家庭教師から習ってきたことを繋《つな》ぎ合わせ、実在した人物としてその重みを受け入れる、そのために飾られている。

クレアもまた、幾度となく耳にした恋物語の主人公を、初めて見る実在の人物として見上げた。この世の痛みも苦しみも知らず、幸福だけを抱えているような顔で笑うパール王女。彼女がこの後経験したことを思うと、きゅうと胸が苦しくなる。

「――クレア・ベアトリス・フォスター」

厳《おごそ》かに名前を呼ばれて、クレアは我に返った。どれだけパール王女の肖像画を見上げていたのだろう。すっかり固まってしまった首を慌《あわ》てて戻して、はい、と返事をする。

その瞬間、広間の空気が変わった。今まで楽しく談笑していた令嬢たちが、揃《そろ》ってひそひそと声を潜めた。ブーケの陰《かげ》からクレアを盗み見る令嬢さえいる。舌打ちをしたい気持ちを抑え、それらを一切黙殺して、クレアは肖像画の前から離れた。

重いトレーンに四苦八苦しながら人の波をかき分け、謁見の間に続く長広間へと入る。長広間は左右が鏡張りになっていて、令嬢たちはここで最後の身づくろいが許される。二メートルを超えたトレーンを係官が杖を使って広げ、握りしめすぎてしおれかかったブーケの花を少しでも見栄えがいいように調整する。歩きながらドレスや髪型に乱れがないことを確認して、クレアは小姓に渡したのと同じ内容のカードを、謁見の間の直前で王室長官に渡す。王室長官はそれに瑕疵《かし》がないことを確認し、すう、と大きく息を吸い込んだ。

「エイベル伯爵令嬢、クレア・ベアトリス・フォスター嬢」

浪々《ろうろう》と響き渡る声に合わせて、重い扉が開かれる。扉の隙間《すきま》がどんどん広がって、クレアの眼前に謁見の間の全容が現れていく。

女王は、濃紺のドレスを纏って椅子《いす》に腰かけていた。たっぷりした布が椅子からはみ出して、柔らかな稜線《りょうせん》を描いている。レースのヴェールを被った頭髪こそ白くなり、顔には深くしわが刻まれているものの、六十年オルランド王国という島国に君臨してきた威厳は一切損なわれていない。周囲を老練の文官に囲まれながらも、圧倒的な存在感を放っている。

謁見の間の入り口に立ったまま、クレアはぶるりと肩を震わせた。今更、緊張で体が冷たくなる。

(落ち着いて……落ち着いて……練習通りに……)

ふっと息をついて、無理やり足を前に進める。結論から言って、まったく練習通りにはいかなかった。転びはしなかったものの、絨毯《じゅうたん》の小さな段差に蹴躓《けつまず》いて体勢を崩し、淑《しと》やかとは言い難い歩幅で歩き始めてしまった。素知らぬ顔をして進むものの、今度はブーケから一輪、カスミソウが落ちてスカートに引っ掛かった。

最悪な気持ちで、女王の御前に進み出て、礼をする。片足を後ろに引き、もう一方の片足を折って、背筋を伸ばしたまま腰を曲げる、カーツィと呼ばれる膝折礼《ひざおり》。これは完璧に上手《うま》くいった。このまま女王がクレアの頬《ほお》か額にキスを贈れば謁見は終了し、クレアは下がっていいことになる。しかし、女王は椅子に腰かけたまま、小首をかしげてクレアを見つめていた。

「レディ……」

柔らかい、それでもどこか力のある女性の声がして、クレアはどきりとした。この部屋でクレア以外の女性というと、女王に他ならない。

初謁見で女王のお言葉がいただけるとは思っていなくて、クレアは頭を下げたまま震えた。緊張の度合いがどんどん高まっていく。それでも女王のお言葉はひとつとして漏《も》らすまいと、耳だけはそばだてる。女王が小さく息を吸う、それすらクレアの耳にははっきり聞こえた。

「レディ・ファントム？」

ざ、とクレアの体から血の気が引いた。体を支配する緊張を、混乱と恐怖が上回っていく。

レディ・ファントム。クレアが持つ、不名誉なあだ名。エイベル伯爵家の娘は幽霊と会話ができるという噂《うわさ》がもとになっている。その噂がエイベル伯爵領のみならず社交界で流《る》布《ふ》しているのはクレアも知っていたが、まさか女王の耳にまで届いているとは思いもしなかった。誰が吹き込んだのだろう。国教会の教主たる女王に、国教会の教えにもとるともいえる、クレアのあだ名を。

脂汗《あぶら》を浮かべ、返事をすることもできないクレアに、女王は小さく笑いかけた。

「ごめんなさい。あなたにとっては、不本意なあだ名のようですわね」

何とか耳に届いたその声が、変わらず柔らかい声音《こわね》であることで、少しだけ、クレアの恐怖が薄れる。

「わたくしの孫もね、あらぬ噂が多くて悩まされたものです」

まるで世間話をするかのように、女王は軽くそう言った。クレアの前まで進み出て、その頬に手を添える。しわくちゃの、冷たい滑らかな手が、心地よかった。

「顔を上げてちょうだい」

女王の言葉に、クレアは逡巡《しゅんじゅん》した。本来ならば、クレアは顔を伏せたまま退出しなくてはいけない。けれど、他ならぬ女王の言葉だ。恐る恐る、クレアは顔を上げて女王を仰ぎ見た。

クレアが腰を伸ばせば、女王の顔ははるか下にあるだろう。齢《よわい》七十五になる女王は元から小柄で、年齢を重ねた今はさらに縮んでしまっている。

　それでも、榛色の瞳は確かな光を持ったまま、クレアを優しく見つめていた。

「レディ・クレア、あなたはおばあさまによく似ておいでだわ。美しく聡明なレディ・サヴァナ……そうしていると、まるで彼女の初謁見の日に戻ったよう」

　祖母の名前が出たことに驚き、クレアはぱちりと藍《あい》色の瞳を瞬《またた》かせた。そして、懐かしさに瞳を潤ませる。

　クレアの唯一の庇護者であった祖母は、クレアが九つの時にこの世を去った。その頃すでに噂に苦しめられていた孫娘を最後まで心配して、遺言のほとんどもクレアに関わることだった。あれほどまでに愛に包まれていた日々を、クレアは知らない。

「祝福を、レディ・クレア。あなたの道行に祝福を。あなたが野に迷わぬように。荒れくるう嵐に攫《さら》われぬように。ひとり死の谷を歩むことのないように……」

　柔らかなキスが、クレアの額に贈られる。微笑みひとつを残して、女王は椅子へと戻っていった。促《うなが》されるまま、クレアは顔を伏せ、そのまま退室した。

　謁見の間から遠ざかるにつれて、少しずつ、緊張感で痺《しび》れた体に興奮が満ちていく。今更ながらに心臓がどきどきと早鐘を打ち、ブーケを握りしめた手が震えだす。

　敬愛する祖母を、女王が覚えていた。それだけでも震えあがりそうなくらい嬉《うれ》しいのに、きちんと名前を呼んで、言葉を尽くして祝福を贈ってくれた。雲の上の人だった女王が、社交界の仲間入りをしたばかりの小娘に礼を尽くし、心を尽くしてくれたことが嬉しくてたまらない。

熱に浮かされたような夢見心地は、しかし、絵画の並ぶ広間に戻った瞬間、現実に引き戻された。

ひそやかに、しかし確実にクレアに降り注ぐ視線。子ども部屋から出たばかりの、好奇心と万能感に満ち満ちた少女たちは、幽霊を見、言葉を交わす不気味で不思議な令嬢に興味津々《しんしん》だ。隣にいる少女を肘で小突いては、クレアに話しかけるよう唆《そそのか》しあっている。

不躾《ぶしつけ》な視線にさらされて、一瞬怯《ひる》んだクレアは、しかしぐっと顎《あご》を引き、背筋を伸ばして廊下に繋がる広間の扉へ向かった。こういう時に視線に応《こた》えることは、無用の諍《いさか》いを引き起こしかねないことだと、クレアは過去の経験からよく知っていた。

令嬢たちがみんなクレアに視線を向けていることも、クレアがその視線に気づきながらも無反応を決め込んでいることも、広間にいる者は全員承知している。承知していて、クレア以外の全員がその状況を愉《たの》しんでいる。だから、ぽつんと立っていた小柄な少女が、クレアに向かって歩き始めた時、クレア以外の全員が息を呑《の》んだ。

「あ、あのっ」

少女は動悸《どうき》を押さえるようにして胸に手を当て、決意に満ちた表情でクレアに声をかけた。

虚をつかれたクレアは一瞬その藍色の瞳を丸くしたが、すぐに落ち着き払った、淑女の表情を取る。

「その、突然お声かけして申し訳ありません。わたくし、コンラッド子爵家のアネットと申します。先ほど呼ばれたお名前をお聞きした時から、気になっていて……エイベル伯爵領のクレア様でお間違いないですか」

草原に落ちた陽《ひ》の光のような、柔らかな淡い金髪の少女だった。すみれ色の瞳をくりくりさせて、一心にクレアを見上げている。一見して、邪気や謀略《ぼうりゃく》とは無縁の、純真無垢《むく》の少女に思えた。

（でもどうせ、本当に幽霊が見えるのか、とか、死んだ誰々さんと話がしたい、とか、そんなことを言うんだわ）

いつものことだ。口の軽い使用人や、クレアのことをよく思わない領民が流した噂に好奇心を掻《か》き立てられて、直接クレアに交渉に来る。冗談交じりに、あるいは、藁《わら》にもすがる思いで。

不愉快な記憶を思い起こされ、若干《じゃっかん》不機嫌になりながら、クレアは頷《うなず》いた。

「わたくし以外に、フォスター家にクレアという娘はおりませんわ」

それが何か、とクレアはアネットを冷たく一瞥《いちべつ》する。友好的とは程遠い、拒絶をあらわにした視線と言葉を向けられて、それでもなおアネットはきらきらと輝く瞳でクレアを見上げている。

あり得ないほど鈍いか、信じられないほど厚かましいか、あるいは両方を兼ね備えた人間なのだろうとクレアは勝手に見切りをつける。すでに視線をアネットから扉へと逸《そ》らし、広間から去りかけたクレアの耳に、アネットの明るく弾んだ声が飛び込んできた。

「ああ、よかった！　わたくし、ずっとお礼を申し上げたくてたまらなかったんですの！」

アネットは今にもクレアの手を取らんばかりに興奮して、明るく笑っている。

「……お礼？」

初対面の相手ではなかったかと訝《いぶか》しみ、クレアはアネットの顔を改めて見つめた。ぱっちりとした目に、小さな鼻、垂れた眉。この広間に控えているということはクレアとは同年代のはずだが、首と肩が細く、身長が低いせいで、ふたつか三つ、年下のように見える。愛らしいその容貌《ようぼう》に見覚えはなく、クレアは眉をひそめる。

そこで彼女はやっと、クレアが戸惑っていることに気づいたらしい。気まずそうにちらっと笑って、ドレスの膨らんだスカートをちょっとつまんでみせた。

「わたくし、身丈がこの通りでございましょう？　机や椅子を誂えたいと思っても、どうにもしっくりこないことが多くて……もちろん、皆さんきちんと寸法やらなんやら測ってくださるのですけど、それでも大きかったり小さかったりで、ずうっと悩んでおりましたの」

「はあ……」

どうして初対面の令嬢に机椅子の大きさが合わないことを告白されているのだろう。そう思いながらも、とりあえず聞こうとクレアはアネットに向き直った。

「何度も直しをお願いするのも申し訳ないし、ちょっと合わないけれどこのまま使おうか、と諦《あきら》めたところに、ご紹介いただきましたの……エイベル伯爵領にある、マグノリアという木工家具の工房を」

アネットは少しだけ悪戯《いたずら》っぽい笑みを浮かべて、クレアもよく知る工房の名前を出した。それで合点がいって、クレアは「ああ」と小さく声を漏らす。

エイベル伯爵領は、国内でも十指に入る大森林を有している。それに付随《ふずい》して木工家具や木工芸を扱う職人も領内に多く、中には貴族向けの高級家具を扱う工房もある。マグノリアはその筆頭ともいえる工房で、クレア自身、自分が使う書き物机を注文したことがある。

「マグノリアの方には本当によくしていただきました。部屋の内装まで確認していただだいて、わたくしにも部屋にもぴったりの一品を揃えてくださって。初めて座った時、本当にびっくりいたしましたのよ。とっても使いやすくて、まるで生まれた時からずうっと使っているような気さえいたしました。社交界に出て、もしエイベル伯爵家の方にお会いできたら、絶対お声かけしようって心に決めていましたの」

そう言って笑うアネットの顔には、やはり邪気のひとつも見当たらない。クレアはあっけにとられたような気持ちで、アネットをまじまじと見つめた。

「レディ・クレア、ありがとうございます。あなた方のおかげで、わたくし、本当に素敵なものに出会えました。あなた方と職人の皆さんに、祝福がありますように」

クレアの視線をどう受け取ったのか、アネットはますます柔らかく微笑み、言葉を尽くしてクレアに感謝を伝えようとする。しかし、クレアはそれを素直に受け取ることができなかった。

「あなたが感謝を伝えるべきはわたくしではないのではなくて」

頭ひとつと半分下にあるアネットの顔を見下ろして、クレアは冷ややかにそう言った。

元より、クレアは他人というものが苦手だ。何を考えているかわからないし、どういった思惑を持っているのかもわからない。かといって好奇心をむき出しにして話しかけられるのも怖い。貴族の嗜《たしな》みとして社交界に出ることを決めたものの、それはあくまで形式的なものであって、親しい友人もロマンスの相手も探すつもりは一切なかった。

だから、この善良そうな、柔らかな空気を纏った少女も拒絶する。そうするほか、クレアには取れる態度というものがなかった。

「あなたに家具を作ったのはマグノリアの職人たちですし、マグノリアを紹介したのはわたくしではありません。あなたから感謝の言葉をいただく理由は、わたくしには一切ありません」

「まあ……」

アネットはすみれ色の瞳を丸くして、上品に揃えた指で口元を押さえる。アネットからの言葉一切をぴしゃりとはねのけたクレアの言動に、今度こそ少なからず衝撃を受けたようだった。

これでもう能天気に話しかけてくることもないだろう、とクレアは小さく息を吐いた。初謁見を終えた瞬間より、今この時のほうがよほど疲れを感じている。早くタウンハウスに戻って、この窮屈なドレスを脱ぎ去ってしまいたかった。

そんなクレアを引き留めたのは、やはり明るく弾む、アネットの声だった。

「でも、やっぱり、お礼はお伝えしたいですから」

つい先ほどの拒絶をもう忘れたかのように、アネットは微笑《わら》っている。

「もちろん、職人の方たちにも、ご紹介くださった方にも感謝しております。当然です。でも、それでも感謝の気持ちが尽きないのです。それに、マグノリアの方が話しておられました。エイベル伯爵家の方たちは、職人や見習いを手厚く保護し、技術の習得の援助を惜しまない、と」

「そんなもの、領主なのだから当たり前です。どこに所領の特産品を軽々しく扱う領主がいるのですか」

貴族として生まれたのだから、領民を守るのは当然のことだ。そのために領主がいて、領主を支える家族がいるのだから。

そう言うと、アネットは照れくさそうに笑った。

「恥ずかしながら、コンラッド子爵領にはこれといって誇れるものがないのです。のどかで、時間がゆっくり流れるよいところなのですけど……だから、その、少し、憧《あこが》れもあって。年齢が同じご令嬢がいらっしゃるのも存じあげておりましたから……どんな方なのかしら、お話ししていただけるかしらって、ずっと思っていたのです」

自身を過剰に卑下《ひげ》することもなく、無条件にクレアを持ち上げることもなく、アネットはそう言ってみせた。

クレアにとっては、どうにも調子のくるう相手だった。クレアには人の心の声を聞くことはできない。彼女が何を思ってクレアに声をかけたのか、本当のところはわからない。けれど、アネットには好奇心で近づいてくる人間特有のあの嫌な感じがない。アネットは至って好意的に、本当に仲良くなろうとしてクレアに声をかけているように感じる。

人畜無害そのものの顔でにこにこ笑っているアネットにどう答えたものか、クレアが悩んでいるうちに、アネットの名前が呼ばれた。アネットは一瞬クレアから視線を外して、すぐにクレアを見上げて笑った。

「わたくしからお声かけしたのに、ごめんなさい。もう行かなくてはいけないようです。今度、お手紙を差し上げてもよろしいですか？」

アネットの顔には、これから女王に会う緊張は一切見られない。ひどくか弱そうな、すぐに泣きだす気弱な少女のような外見をしておいて、芯は非常に強い娘のようだった。

「……お好きになさったら」

「はい。ありがとうございます」

対応に困ったクレアが適当に答えると、アネットは嬉しそうに微笑んだ。膝を折って退去の礼を取り、急いで謁見の間へと続く扉へ進んでいく。ふわふわと揺れるレースのたれ飾りを見送って、クレアは止めていた足を動かし始めた。不思議と、変わらず注がれる好奇心の視線が、先ほどより気にならなくなっていた。

この時、クレアは想像していなかった。

社交界に足を踏み入れた一年の間に、アネットが無二の友人になっていることも。

一年後の社交シーズンの終わりに、彼女の葬儀に参加する事態になることも。

一切、想像していなかった。

一章　レディ・ファントムと探偵

　十八歳の誕生日を二か月後に控えた十月の終わり、クレアは首都リーヴァイのタウンハウスにある自室で双子の兄からの手紙を読んでいた。兄の神経質さをそのまま表したかのような細い字は、苛立《いらだ》ちながら走り書いたのか、ひどく読みづらい。

　手紙の終わり、妹に親愛とキスを贈る言葉だけ丁寧に書かれた兄の文字に苦笑して、クレアは元通り手紙を折りたたんでレターケースにしまった。

「クレムはまだ反省が足りないみたい。あんなに怒ってばかりじゃ、いつか頭でお湯が沸かせるようになるわね」

　クレアはそばに控えた家政婦のミセス・ペインに、そう言って笑ってみせる。しかし、ミセス・ペインは難しい顔のままだった。クレアはそれを少しでも和《やわ》らげようと、わざと彼女の態度を茶化した。

「あらあら、こちらもお怒りだわ。まだ納得がいかない？」

「当然でございますっ」

すでに六十を越えているミセス・ペインは、エイベル伯爵家の使用人の中でも年長者だ。その長い勤務歴に応じた冷静さを持っているはずの彼女は、ここ最近、ずっと不機嫌でいる。

「クレメンス様が喧嘩《けんか》をなさったからって、どうしてクレアお嬢さまが罰を受けなきゃいけないんです？　本当なら、今頃はカントリーハウスの自室でくつろいでいらっしゃったはずです。なのにタウンハウスの管理をなさってる！　執事まで里帰りさせて！」

「仕方がないわ。お母さまがそうお決めになったんだもの」

「その奥さまの決定がおかしいと申し上げているんですよ！」

暖炉の熾火《おきび》のように怒っているミセス・ペインに、クレアはただ苦笑を返した。元は祖母のメイドだった彼女は、現在の女主人であるクレアの母に対してずっと思うところがあるようだった。今回の処置で、ついにそれが爆発してしまったらしい。

クレアの双子の兄、クレメンスは自分に嘘《うそ》がつけない男である。曲がったこと、理不尽なことを嫌う。昔から、それがもとで小競り合いに発展することも多かったが――ひと月前の喧嘩は相手が悪かった。マグノリアの大口顧客のひとりであり、今後エイベル伯爵領の店での購入は控えるとわざわざ通達をしてきたくらい、根に持つ性格だったのだ。

息子が収入減の原因になったとなれば領主である父も渋い顔になる。息子を溺愛《できあい》する母は、なぜ一緒にいながら兄を止めなかった、お前のせいだ、とクレアをなじった。最終的に、クレメンスはカントリーハウスで謹慎と領地経営の勉強漬けの日々を送ること、クレアはタウンハウスに残って管理することがそれぞれの罰として与えられた。

「クレムだって謹慎させられているのよ。カントリーハウスの自室にはいられても、朝から晩まで家庭教師とふたりきり。私はここでのんびりしているだけで済むんだもの、ずいぶん気楽だわ」

「クレメンス様については、失礼ながら妥当でございましょう。お嬢さまは完全なとばっちりです！　か弱い女性であるお嬢さまが、どうやって殿方の取っ組み合いを止めるんです？　そもそも、お嬢さまはクレメンス様の妹御であって保護者ではないのですよ。クレメンス様の行動で責を問われるお立場ではございません！」

「まあまあ。落ち着いて、ミセス・ペイン」

どうやら何を言っても火に油を注ぐだけらしいと察して、クレアは言葉でミセス・ペインを宥《なだ》めるのを諦《あきら》めた。昔にくらべてずいぶん細くなった肩を労《いたわ》るようにぽんぽんと叩く。

さあ、これからどうミセス・ペインの怒りを散らそうかと頭を悩ませるクレアに向かって、入室の許可を求めるノックの音が響いた。どうぞ、と短く返事をすると、クレアと一緒にタウンハウスに残る羽目になったメイドが、金色の前髪を揺らして部屋を覗《のぞ》いた。

「あの、ローレルスクエアから、刑事さんがいらっしゃっています」

予想していなかった来客の報《しら》せに、クレアは目を丸くする。現在タウンハウスの家政の一切を取り仕切っているミセス・ペインもまた表情を硬くした。

「ローレルスクエア？」

「は、はい。お嬢さまにお話があると仰《おつしや》って」

ローレルスクエア。あるいは縮めてスクエアと呼ばれるそれは、リーヴァイ警視庁の換《かん》喩《ゆ》である。この名称はリーヴァイ警視庁が有する広場の名前でもあり、市民にも広く開放され、昼間には子どもらが遊び、学生たちが昼食をとる、地域に根付いた交友の場となっている。警視庁舎と広場を四角く囲むように植えられた月桂樹《げつけいじゆ》の木立が、そもそもの名前の由来だ。

女王の敷いた法を守る番犬たる彼らは、時に勇敢に、時に傲慢《ごうまん》にその職務を全《まつと》うする。特権階級である貴族も彼らからは逃れられず、こうして強襲に近い訪問を受けることはままあった。

しかし、クレアにはローレルスクエアに目を付けられるような心当たりはない。首をかしげながらも、話を聞いてみればわかることか、とクレアは少々なげやりにとらえた。

「それで、今は？」

「はい、客間に……」

　年若いメイドの顔は血の気が失せ、声はどんどん尻すぼみに小さくなっていく。突然の来客に押し切られ、まんまと家に上がり込まれてしまった。このタウンハウスの現在の女主人であるクレアの許可を取る前に、だ。とんでもない失敗とまではいかないが、十分メイドの失敗といえる。メイドの教育係でもあるミセス・ペインは、信じられない事態に呆《ぼう》然《ぜん》とし、次にメイドを睨《にら》みつけている。

（ふむ……）

　クレアはしばし沈黙した。マーサという名前の若いメイドは、エイベル伯爵領の教会の主任牧師の娘だ。教会の手伝いで慣れているだけあって、普段、器用に仕事をこなす娘で、クレアの身の回りの世話の他に、来客の対応も任せていた。本人の希望と、見目の良さもあって、適任だと判断したからだった。

　クレアにマーサを叱責するつもりはない。ローレルスクエアは強面揃《こわもてぞろ》いで有名だ。若いマーサが自分より体格のいい男性に凄《すご》まれて、気迫負けしてしまうのは当然とも思えた。だからといってマーサを無罪放免にするわけにはいかないが、現時点で対処すべきはその問題ではない。そうクレアは判断した。

「着替えます。ミセス・ペイン、手伝ってちょうだい。マーサはその間にお茶を出して差し上げて」

クレアはにこやかにそう言って、お気に入りの椅子《いす》から腰を上げた。特に外出の予定がなかった今日、クレアはゆったりとした部屋着に身を包んでいた。コルセットではなく帯で腰を締めただけの、平素なドレスだ。光沢のある金髪も、結いもせずに背に垂らしている。とてもではないが、人前に出られる格好ではない。

クレアの指示に、マーサは勢いよく返事をして、部屋を駆けだしていく。慌《あわ》てるその様子は、優秀なメイドの姿とは言い難い。

もう一度研修でもさせるべきかしら、と一瞬思ったが、クレアは首を振ってその考えを払った。どうせ人も訪ねてこない、クレアひとりが暮らす家だ。社交シーズンになって両親と双子の兄が訪れた時はカントリーハウスの使用人を連れてくるのだし、今回のようなイレギュラーなお客さまの前でぼろさえ出さなければそれでいい。

クレアはとにかく目の前の厄介《やっかい》事を片付けようと、ミセス・ペインを伴《ともな》ってドレスを替えるべく衣装室に向かった。

　コルセットで細く腰を締め、空色のドレスに着替えたクレアは、マーサを連れて客室に向かった。襟《えり》の詰まった細身のシルエットは最近の流行だ。

「お待たせいたしました」

　腹に力を入れて、クレアは客間のドアをくぐる。そして、少しだけ首を横に傾けた。

　客間のふたり掛けのソファに座っているのはふたりの若い男だった。どちらも痩身《そうしん》で、仕立てのいい三つ揃えのスーツを着込んでいる。制服ではないということはそれなりの地位にあるのだろうが、てっきり熊のような大男がいるものと思い込んでいたクレアは、肩透かしを食らった気分になる。

　クレアの入室を受けて、ふたりが揃って顔を上げた。栗毛《くりげ》の男が立ち上がり、ニコニコと人のいい笑みを浮かべてクレアに向かって頭を下げる。対して、赤毛の男は深く座ったまま、じろりとクレアを睨んだ。

　対照的な態度を取る彼らは、どちらも非常に整った顔立ちをしていた。人懐こそうな栗毛の男は言わずもがな、赤毛の男も微笑《ほほえ》んだだけで多くの女性が夢中になるだろう。小ぶりな顔と、ひげのない頬《ほお》。髪は丁寧に櫛《くし》を通し、フロックコートの下に覗くシャツにはしわひとつない。おまけに背が高くて、足も長い。顔立ちもよければ体格にも恵まれ身なりのセンスもいい、まさに美男子といった出で立ちだ。クレアの後ろで、マーサが感嘆の息を漏《も》らした。それだけでどうやって彼らがここまで上がり込んだか理解できた気がして、クレアは心の中で天を仰ぐ。マーサの悪い癖を失念していた。彼女は、美形に滅法弱い。体格差に恐怖したのではない。彼らの美貌《びぼう》に陥落《かんらく》したのだ。

青い顔をしていたはずのマーサには後から話をすることにして、クレアはにこっと笑ってみせる。立ち上がったままの栗毛の男に着席を促《うなが》し、自分は彼らの正面に腰かけた。

「突然押しかけてすみません。レディ・クレアにお聞きしたいことがあったものですから」

愛想のいい栗毛の男は、声まで華やかだ。そう張り上げているわけでもないのに、よく響いてはっきり聞こえる。ローレルスクエアらしい、遠慮のない声だった。

男に合わせて、クレアも愛想のいい笑みを浮かべる。

「構いませんわ、どうせ暇をしていましたから」

本音で言えば、直前でもいいから先ぶれがほしかった。どんなに暇だろうと、客人を迎えるための準備というものは存在する。だが、逃亡や隠蔽《いんぺい》を防ぐために、ローレルスクエアが絶対に先ぶれなど出さないことくらい、クレアも知っていた。これに関しては、彼らに何を言っても無駄だ。

「リーヴァイ警視庁のヘイリー・ラスと申します。こっちの不愛想なのはデュラン・コーディ。こいつ、昔から口下手《べた》で、怖がらせたらすみません」

　栗毛のヘイリーは、軽快な語り口で紹介を済ませた。昔から、という言葉の通り、古い付き合いなのだろう。デュランは勝手に紹介されても、眉ひとつ動かさなかった。

「どうもご丁寧に。それで、警視庁の方々がわざわざ何の御用でしょう。何か事件がありましたの？」

　心当たりなどない、と主張しながら、クレアは本題を促す。切り込んできたのは、予想に反してデュランのほうだった。

「コンラッド子爵令嬢アネット・カーステンのことです。ご友人だったとか」

　低い、聞き心地のいい声だった。ヘイリーのような華やかさはないが、しっとりと落ち着いた声質を持っている。

　しかし、クレアの注意は声よりも言葉に注がれた。ほんの一か月前に葬儀を終えたばかりの、数少ない友人の名前だった。

　誰からも愛された少女は、パール広場の大階段から転落して死んだ。一時は自殺の噂《うわさ》が囁《ささや》かれ、自殺を最大の罪と定義しているオルランド国教会が葬儀を拒否したことがさらに話題を呼んだ。彼女の母、コンラッド子爵夫人は激しく抗議し、教会での葬儀を求めた。アネットと親しくしていた貴族令嬢たちはそれに同情し、国教会に訴えかけ、葬儀は盛大に行われた。子爵令嬢としては破格の扱いだったと、クレアは記憶している。

「ええ、親しくしていただいておりました。大事な友人のひとりですわ」

「それだけ？　あなたはアネット嬢の葬儀に関して国教会に直訴している。彼女と親交のあった他の誰よりも早く、誰もが様子見していた時期に。ともすれば国教会への反意とも取られるような危険を冒《おか》してまで行動したのは、あなたがアネット嬢と特別に親しかったからでは？」

デュランの言葉に、クレアは苦笑した。

国教会の教えはオルランド国民にとって絶対だ。オルランド女王を首長と仰ぎ、ふたりの主教が国中の教会を統治している。国教会の決定に異を唱えることで異端とされた人物も過去に存在する。アネットの葬儀に関しても、最初は静観する流れだったのだ。だが、クレアが直訴したことで、流れが変わった。

「ミス・アネットと、コンラッド子爵夫人があまりにもお可哀想《かわいそう》で、出しゃばりました。あの方が天の御国に入れず、地上を彷徨《さまよ》うのは嫌でしたから」

「へえ」

国教会の教えでは、教会で葬儀を行わなければ死者の国である天の御国に入れないとされている。安らけし天の御国から追放された魂《たましい》は、永遠に地上を彷徨い、死後の安らぎを得られない。

クレアの主張は国教会の教えに則《のっと》ったものだったが、デュランは馬鹿《ばか》にしたような様子で適当な相槌《あいづち》を打っただけだった。その態度に、クレアは眉をひそめる。

どうにも、クレアは何がしかの疑いをかけられているようだった。それはアネットの死に関わるものであり、国教会に葬儀の実施を訴えかけたことに起因していると思われた。しかし、何を疑われているのかがわからない。

「今、あなたはアネット嬢が地上を彷徨うと仰った。あなたは彼女が自殺したとは考えていないのですね。自殺したなら、行く先は地の国だ」

「私が知る限り、アネット様に自殺する理由がないのですもの。直前の夜会でお会いした時も、いつも通りのご様子でしたし。確たる証拠もないのに、自殺を疑うのは穿《うが》ちすぎというものですわ」

遺書もなかったのでしょう、とクレアが言うと、デュランもヘイリーも頷《うなず》いた。

アネットの自殺がまことしやかに語られたのは、彼女の死の不可解さからだった。深窓の令嬢そのものであった彼女は、ちょっとした外出にも侍女の同伴は必須であったし、そもそも外出のほとんどは馬車で行われるものだった。そんな彼女がたったひとり、パール広場に赴いた。土砂降りの雨の夜、彼女は大階段の下で息絶えていた。

「単純に考えれば不幸な事故です。ただ大勢の人が……国教会でさえ、愛らしい少女の不可思議な死という非日常な刺激に飛びついてしまっただけ。国教会の教えには従うべきですが、間違った方向に導かれようとしているなら引き留めるのも信徒の役目でしょう」

クレアの言い分に、ヘイリーは感じ入ったようにしきりに頷いた。敬虔《けいけん》な信者なのか、彼の鳶《とび》色の目には感動の色さえ浮かんでいる。しかし、デュランは変わらぬ無表情で、むしろしらけた視線をクレアに向けていた。

「そうですよね、僕もそう思います。あの時の雰囲気は、いささか異様だった」

「ヘイリー、黙ってろ。君の意見は今必要ない」

相棒の言葉をぴしゃりと遮《さえぎ》って、デュランはクレアを睥睨《へいげい》した。ヘイリーは少しばかり不満そうに顔をしかめたが、大人しく口をつぐむ。不敵、不遜《ふそん》としか言えないデュランのその態度はクレアに反感を抱かせるのに十分だった。

いったい何だというのだろう。勝手に押しかけて、メイドを篭絡《ろうらく》して上がり込んで、警官という立場でなかったなら今すぐにでも追い出したいところだ。

「聞き方を変えましょう。クレア様、あなたは別の手段でアネット嬢の死の真相を知ったのではないですか」

「まさか、私が彼女を手にかけたとでも仰りたいんですか」

クレアは弾かれたように眉間《みけん》にしわを寄せ、デュランから遠ざかるように身を退《ひ》く。その反応に、デュランはくすりと笑った。嘲《あざけ》るような、嫌な笑い方だった。

「ずいぶんと飛躍しますね。違うでしょう？　あの日あなたがこの家から一歩も出ていないことくらい、知っています」

「なんですって？」

「メイドの教育はしっかりしたほうがいいですよ」

反射的に、クレアはそばに控えたマーサを見やった。マーサは、気まずそうに視線を逸《そ》らしているものの、唇を尖らせて不満を明らかにしている。おおかた、主人へは告げ口しないから、とでも言われていたのだろう。

なんてこと、とクレアは呟《つぶや》いた。

ローレルスクエアを招き入れたことはまだいい。どれだけ抵抗しようとどうせ押し入られていただろう。だが、主人の情報をペラペラ喋《しゃべ》ってしまったことはいただけない。しかもこの態度は、とても反省しているとは思えない。メイドとして落第どころか、即解雇されるような失態だ。

さすがに看過しきれない事態に、クレアは頭の中で今後の対策を練り始める。兎《と》にも角にもこの事実をフォスター家の家長である父に報告し、家政婦のミセス・ペインと一緒にマーサを解雇する手はずを整え、二度と家内のことを他言しないよう誓約させねばならない。

そのために、さっさとローレルスクエアを追い返そうと心に決めたクレアがデュランに視線を向け、口を開こうとした時だった。

「クレア様は幽霊が見える目をお持ちだそうで」

ぴたりとクレアの動きが止まる。一拍置いて、クレアはことさらに明るく、人好きのする笑みを浮かべた。

「そういった噂もあるそうですね」

「噂といったレベルは超えていますよ。故人しか知らないはずの情報を知っていたとか、あなたが交霊会に参加すると必ず怪事が起こるとか、実際に体験した方のお話も伺《うかが》いましたから」

「偶然です」

「へえ？　領内の殺人事件の犯人を暴いたのも、偶然ですか？」

「ええ、偶然です」

強情に繰り返すクレアが面白いのか、デュランはへえ、ともう一度言って笑ってみせた。腰が引けるくらい、綺麗《きれい》な笑みだった。

「そう言い張るには、偶然が多すぎますよ。少し話を聞いただけで、皆さん仰る。エイベル伯爵令嬢には幽霊が見えている、と」

目の前の男は、自分の顔がいいことをはっきり自覚しているようだった。優しく笑いかければ女が自分から――もしかしたら男も――口を開いて真実を語りだすと知っている。

しかし、クレアは偶然は偶然だ、と顔をしかめてみせる。

どれだけ綺麗に笑おうと、言葉の毒は隠せていない。それに、これまでに反感を買いすぎている状態で優しい顔を見せられても、なんのときめきもない。

「お話はそれだけですか？　でしたらお引き取りください。アネット様に関して私は何も知りませんし、これ以上あの方について語るのは冒瀆《ぼうとく》というものですわ」

拒絶の言葉を吐きかければ、デュランは皮肉げに片眉を上げてみせた。ヘイリーは先ほどのデュランの言葉を忠実に守ろうとしているのか、口をつぐんだまま困ったように笑っている。

「お客さまを玄関までお送りしてちょうだい。余計なおしゃべりはなしよ」

マーサに短く命令して睨みつければ、彼女は小さく頷いた。引き留められる前に、クレアはソファから立ち上がり、客人に一瞥《いちべつ》もくれないまま、踵《きびす》を返してドアへと向かう。マーサが余計なことを喋らないか監視すべきかとも思ったが、これ以上デュランと会話していると自分こそが余計なことを言ってしまいそうだった。

レディ・ファントム。社交界に流布《るふ》する、クレアのあだ名だ。

例えば、彼女がまだ九つの時。死んだ祖母の名を呼び、嬉《うれ》しそうに虚空《こくう》に話しかける姿を若いナニーが目撃している。同日夜、彼女の上着のポケットから真新しいキャンディの包み紙が発見された。それは、彼女の祖母が生前、好んでクレアに与えていたキャンディだった。

例えば、彼女が十二歳になった年。領内のもめ事の裁定役でもある父のもとに、遺産問題の案件が転がり込んできた。急死だったため遺書もなく、家族の誰も遺言を聞いていないという、頭の痛い案件だった。偶然その場に居合わせたクレアは、嘆き悲しみ、同時に怒りくるう家族に、家に帰って故人の机の引き出しの裏を見るよう言った。言われた通りにした家族は、故人が隠していた遺書を見つけることになった。

彼女の噂はひとつやふたつに留まらず、それらはまことしやかに語られていた。真偽を問い詰められた両親は否定したが、口の軽いメイドや侍従、領の住人、果ては屋敷を訪ねた貴族たちによって、噂は広がっていった。

（だからといって、ローレルスクエアまで知っているなんて）

曇《くも》り空の昼前に、クレアは昨晩したためた手紙を手にリーヴァイにある中央郵便局へと向かっていた。隣には、ミセス・ペインが、むっつりと唇をへの字に曲げて付き従っていた。彼女がしわくちゃの顔をさらに歪ませているのは、自分が教育した若いメイドの不義理と、大事なお嬢さまが歩くと言い張って譲らなかったせいだ。

本来であればメイドにでも頼むところだが、手紙の内容がマーサの解雇についてとあっては、彼女の同僚に任せるのもためらわれた。フォスター家のタウンハウスにはほとんど手紙も届かないので、配達員に手紙を託すのも難しい。ミセス・ペインはクレアひとりを屋敷に残すのを嫌がり、クレア自身もひとりで屋敷で過ごす気にはなれなかった。それならば自分で出しに行くほかないと、クレアは中央郵便局に向かって、リーヴァイのメインストリートであるウォーレンストリートを歩いていた。

ウォーレンストリートの途中、大噴水と大階段を備えたパール広場に行きついて、クレアはその足を止めた。

パール広場はその名前が示す通り、パール王女によって建造された広場だ。パール王女の名前になぞらえて白煉瓦《れんが》が使用されており、経年劣化による変色はあるものの、景観の美しさからオルランド王国の観光名所としても知られている。踊り場のない階段は全部で百一段。高低差は二十二メートルもあるという。狭い立地に半ば無理やり造ったせいで勾《こう》配《ばい》はきつく、安全性より景観を取ったために手すりの数も左右と真ん中の三本だけ。アネットの件が起こる前から、転落事故は多く発生していた。それでも改修工事が為されないのは、ひとえにその危険性も含めた上で観光名所としての人気の高さがあるからだ。

度胸試しとばかりに階段の上り下りに挑戦する観光客や地元の若者は後を絶たず、それを見て楽しむような趣向の持ち主も多い。踊り場がないのだから、万が一足を滑らせれば下まで転がり落ちるほかないのだが、その目に見えるスリルが冒険心を刺激するのかもしれない。階段の左右、芝生のスペースには均一の間隔でナナカマドの木が植えられている。夏に咲く白い花はもちろん、秋に実る赤い実も、白い広場と合わせて楽しめるようになっている。こちらはよく子どもが入り込んで笑い声を上げているが、多くの母親はこの場所を遊び場とすることにいい顔はしない。階段と同じく急勾配で、木のおかげで摑《つか》む場所は多いものの、一度転べば擦《す》り傷打ち身は必至、最悪の場合はやはり下まで転げ落ちることになるからだ。

周辺には工房とそれに付随《ふずい》した店などが多く立ち並び、観光客や職人たちのための屋台なども頻繁《ひんぱん》に立つ。今も複数の屋台が決まった区間に並んでおり、そこで食事を購入した客が大噴水の縁に腰かけて頬張っている。

「お嬢さま?」

不意に立ち止まったクレアを不審がって、ミセス・ペインがクレアの顔を見上げた。クレアは黙って、足元から下に伸びる白い大階段と、清らかな水を噴き上げる大噴水を見つめている。

「ミセス・ペイン、ここで待っていて」

言うなり、クレアはひとりで大階段に向かって足を踏み出した。足腰に不安のあるミセス・ペインを連れて、この階段を下りるのは気が引けた。

「お嬢さま！　お待ちください！」

背後でミセス・ペインの慌てる声が聞こえたが、クレアは振り返らなかった。徒歩にこだわったのも、この階段を下るためだ。

ウォーレンストリートの枝道をたどれば、逆方向から安全にパール広場に入ることができる。当然ひどく回り道をすることになるが、そちらの道のほうがはるかに安全だ。わざわざこの階段を下ろうとするのは、観光客か、度胸試し感覚の若者たち、あるいは怖いもの知らずの子どもたちだ。今もクレアの横を、まだ十歳にも満たないような少女が、腕に紙袋を抱えて駆け下りていった。

突然、クレアの体に寒気が走った。それは一瞬のことで、代わりに目の前に淡い金色の頭が見える。彼女に通り抜けられたのだと、クレアは少しだけ眉尻を下げた。

流行の桃色のバッスルドレスに、共布の小さなハンドバッグ。淡い金髪を結い上げた彼女は、輪郭《りんかく》だけが灰色にぼやけている。探していた姿を見つけたクレアは、ゆっくりその後を追った。

彼女はふらふらと頼りなげな足取りで、周囲を見回しながら階段を下りていく。そして三分の一ほど下りたところで、突然バランスを崩した。スカートに足を取られたようにも、後ろから突かれたようにも見える。彼女は慌てて手すりを摑もうと手を伸ばしたが、その小さな桜色の爪が手すりをひっかいただけだった。彼女の体はまるで山肌を滑る丸太のように、留まることなく階段を転がり落ちていく。高く結われていた金髪はほつれて乱れ、サテンのドレスは泥と雨水で汚れていく。踊り場のない階段で、彼女はついに最下段にたどり着いた。うつ伏せになって横向けた顔は濡れて汚れた髪がまとわりつき、幅広の袖《そで》が捲《まく》れて白い腕が投げ出されている。落ちる過程で肩が外れたのか、右腕は妙にねじれて手のひらが上を向いていた。常にきらめく光をまとうかのように微笑《ほほえ》んでいたアネット・カーステンは、泥と雨水に汚れ、無残な乱れ髪でその死に顔を晒《さら》している。

階段を下りきった少女が、階段下に倒れた死体を踏みつけた。しかし少女の足は死体をすり抜けて地面を蹴り、彼女は一目散に通りへと走り去ってしまう。

やがて、死体は白い石畳《だたみ》に溶けるようにしてその姿を消した。暑い日に溶ける、冷菓のようだった。

死体のドレスの裾《すそ》まで溶けきったのを確認して、クレアは背後を振り返った。階段の一番上には、淡い金髪を高く結い上げ、汚れひとつない桃色のドレスを着て、小首をかしげたアネットが立っていた。

彼女は不安そうに周囲を見回しながら、ゆっくり階段を下り始める。ふらふらと頼りなさげに、闇《やみ》の中を進むようにして足を前に踏み出す。そうして先ほどと同じ位置で、また転がり落ちていく。

クレアはもう一度アネットが階段下に落ちていくのを見届けて、階段を下り始めた。手すりを握りしめ、足元を確かめるように、一段ずつ。

クレアが階段下にたどり着くまでに四度、傍《かたわ》らをアネットの体が通り過ぎた。愛らしい顔を痛みと恐怖で歪ませ、断続的な短い悲鳴を上げながら彼女は階段を転がり落ちていく。目を背けたい、友人の痛ましい姿を視界に収めながら、クレアは歩を進めた。

階段下に立って、クレアは足元の死体を見つめた。白い顔には泥がこびりつき、擦過傷《さつかしよう》と打撲痕《だぼくこん》にまみれている。したたかに打ったらしい額からは幾筋もの血が流れ、ひび割れのように頬や首に跡を残している。春に咲く可憐《かれん》なすみれを思わせる瞳は、焦点を結ばないまま階段のほうを見つめていた。

（アネット様が、自殺でないのは間違いない）

彼女の生前からは想像できない、虚無そのものの表情を見下ろしながら、クレアは唇を嚙《か》んだ。

誰かに突き落とされたのか、足を踏み外したのか、それはわからない。彼女は何度も死の直前を繰り返すだけで、クレアの呼びかけにも応《こた》えず、周囲に人間がいることにも気づいていないようだった。階段を使う数少ない地元民や、観光客の体をすり抜け、あるいは踏みつけられながら、彼女は何度も階段を下りようとしては、こうして転げ落ちる。

（本人が納得するまで、まだかかりそう）

今までの経験上、死を自覚できていない死人が生前の通り過ごそうとしたり、直前の行動をなぞったりすることがよくあることだと、クレアは知っていた。

（なぜアネット様は、ひとりでこんなところに来たのかしら）

令嬢のひとり歩きは非難される行為だ。令嬢の外出は、昼間であっても付き添い役が必要になる。アネットのような、規則正しく節度ある貴族令嬢が、自身のタウンハウスから遠く離れた大階段までひとりで来るのは、異常事態といえる。自殺が疑われたのは、ほとんどそのせいだ。

（何が、あったのかしら）

クレアの知るアネットは、朗《ほが》らかではあったが思慮深い少女だった。踏み込むべき場所と踏みとどまるべき場所をよく知っていた。だからクレアとも、親交を深めることができた。彼女は一度も、クレアに幽霊が見えるのかなどと尋《たず》ねなかった。

事実と印象が一致しない。ちぐはぐだ。彼女は足元の悪い雨の夜に、たったひとりで出歩くような少女ではなかった。

思案に暮れるクレアの目の前で、アネットは何度も階段を転がり落ちる。落ちて、クレアの爪先《つまさき》に助けを求めるように腕を投げ出す。ほつれた髪の毛が、水の流れに従って階段下の排水溝へと金色の筋を作る。

「お嬢さん」

不意に声をかけられて、クレアは物思いから覚めた。

クレアの背後、少し手を動かせば触れるほど近くに、いつのまにか人が立っていた。あまりの近さに驚いて、思わず距離を取ろうと足を引く。アネットの頭を蹴り飛ばしそうになって、慌ててそれを避ける。

「お嬢さん、何をご覧になっていたの」

声をかけてきた人物は、そんなクレアの動向など意にも留めない様子で、言葉を重ねる。

その人は、黒いローブを着ていた。十月も終わりといえど、まだ暖炉を焚《た》くには早い程度の気温。だというのに、その人は体形がわからないほど分厚いローブを着こみ、フードを目深《まぶか》にかぶっている。わずかに見えるのは細い顎《あご》と、緩く弧を描く薄い唇だけだ。声さえも、男にしては高く、女にしては低い。年齢も性別も、職業すらもわからないその人物の問いかけに、クレアは戸惑い、答えることができなかった。

「不思議な目の色をしていらっしゃる」

ローブの人物は、ぐいと顔をクレアのほうに近づけた。クレアの顔を覗き込むような仕草なのに、クレアからは彼——あるいは彼女——の容貌《ようぼう》は一切見えなかった。

「不憫《ふびん》なお方……あなたの進む道は、いつも白い骨が転がっている。ずいぶんと死に近いお生まれをなさったようだ」

クレアは、ぎょっと目を見開いた。無遠慮に、心の内を踏み荒らされた気分だった。自身より少しだけ低い位置にある丸い頭を、渾身《こんしん》の力を込めて睨みつける。

「無礼な。名乗りなさい、何者ですか」

クレアは声に怒りをにじませて誰何《すいか》する。見ず知らずの、顔すら晒さない人間に不躾《ぶしつけ》な態度を取られるいわれはない。

それでも、ローブの人物は軽やかに笑い声を上げた。

「まあ、そう怖いお顔をなさらないで。これは占い、ただの占い。多くの人にとっては、一時盛り上がるための戯《たわむ》れにすぎない――あなたが見ているものと同じように」

「何を……」

なおも無礼な物言いを繰り返すローブの人物に、クレアは眦《まなじり》を裂いた。一喝《いっかつ》しようと口を開き、しかし、その口から飛び出すべき言葉は宙に消えた。

「――っ」

尻の膨らんだ、バッスルスカート。何重もの布とアンダースカートに守られているはずの脚《あし》に、直接何かが絡みついている。小さく震えるクレアの鼻が、つんとした悪臭をとらえた。思わず鼻を覆《おお》ってしまいたかったけれど、クレアは指一本動かせない。湿っていて、ぬるついたそれは、縋《すが》るようにクレアの脚に爪を立て、だんだんと上のほうへ、上のほうへと登ってくる。足首。ふくらはぎ。膝。その何かは爪を立てて登ってくる。爪――そう、それは、確かに人の腕のようだった。

まるで植物のつるのように、白いタイルの下から生えてきたとしか思えない。生きた人間とは思えないその腕は、クレアの脚をその場に縫いつけてしまった。呼吸が浅く、早くなる。いくら普段から幽霊の姿が見えるとはいえ、恐ろしい姿をしているものは怖い。今、クレアにしがみついているのは、悪臭を放ち、湿った肌を持つ、得体の知れない存在だ。

――……けて……

早鐘を打つ心臓の音の合間をかき分けるようにして、クレアの耳に微《かす》かな声が届いた。

——たすけて……

同情を誘う、悲しみに満ちた女の声だった。ひび割れたベルのようにしわがれていて、それでも人の気を引く力を持っている。

——たすけて……たすけて……

声はその単語だけを繰り返す。まるで壊れた蓄音機のように、何度も何度も、クレアに縋って助けを求めている。

クレアは震える手をぎゅっと握りしめた。心は正義感と恐怖の間で揺れ動いている。そんなクレアを、ローブの人物は口元に笑みを浮かべて見ていた。心の底からクレアの恐怖を楽しんでいる笑みに、ぞっとする。

幽霊の多くは、生きている時と同じ姿をしている。どれだけひどい傷を負って死んでも傷を負う前の姿で現れるし、病床に伏して最期を迎えても健康だった頃と変わらない姿でいることのほうが多い。ただ、時たま、そうではない幽霊がいる。彼らは、自身の若い頃や、さもなくば死んだ瞬間の姿で現世に留まっている。何が彼らをそうさせているのか、クレアは知らない。

確かなのは、今クレアに助けを求めているのは、後者の幽霊だということだ。

このか細い声の持ち主は、きっと死んだ時のままの姿をしている。クレアの脚にしがみつく指は細く、肉が極限までそぎ落とされている。時々ぺたりと脚に貼りつくのはきっと幽霊の髪の毛で、それは冷たく湿っている。

（……見たくない）

見なくても、彼女が今どんな姿をしているかなんて予想がつく。頭の中で思い描くだけでも恐ろしいのに、視線を自分の脚に向けることなんてできなかった。

けれど、彼女は助けを求めている。他でもないクレアに。唯一この場で、幽霊を見て、言葉を聞くことのできるクレアに。

クレアは大きく息を吸い込んで、吐き出した。幽霊に助けを求められたのは、何も初めてのことではない。その中には恐ろしい様相をしたものも当然いた。

（そうよ。頭の割れた木こりの幽霊だって見たんだもの。あれ以上に怖いものなんているもんですか）

クレアはそうやせ我慢をして、意を決して視線を足元に落とした。

灰色の輪郭を持つ彼女は、いまやクレアの腰に抱きついていた。落ちくぼんだ眼窩《がんか》の中、濁った灰色の瞳が、クレアを捉《とら》えて放さない。淡い金髪には泥がこびりついてまだらになり、ぐちゃぐちゃに絡まって頬や首筋や肩に貼りついている。薄い布地のワンピースは濡れて体に張りつき、彼女の浮き出た骨を強調している。ひび割れた唇の隙間《すきま》から覗く歯は、何本か欠けているようだった。

クレアの体がぶるりと震える。思っていたよりも、恐ろしい。彼女が幽霊であると理解していなければ、今すぐ悲鳴を上げて突き飛ばしていただろう。

「あなた……」

小さな声で、クレアが問いかける。しかし、それは女の声に遮られた。

――たすけて！

歯抜けの女の口が、大きく開かれている。わぁん、と耳鳴りがした。

――たすけて！　たすけて！　たすけて！

思わず耳を覆ったクレアに構わず、女は叫び続けている。もはや音の濁流《だくりゅう》となってクレアを襲うその声に、クレアは両手を強く耳に押し当てて首を振った。

「落ち着いて……お願い、落ち着いて……」

ぼそぼそと、クレアは女に囁きかける。しかし、女の絶叫は止まらない。たすけて、たすけて、とただそれだけを繰り返す。

埒《らち》のあかない状況に、クレアはめまいがした。周囲の人々は、突然頭を抱えてうつむいた貴族のご令嬢に、好奇の視線を向けている。階段の上では、ミセス・ペインが青い顔で、今にも転がり落ちそうなほど身をのりだし、手すりにしがみついている。

このままでは、また余計な噂を立てられてしまう。そうしたらきっと、まともに外出することさえ許してもらえなくなるだろう。

それだけは避けたくて、必死に打開策を考える。けれど、大音声《だいおんじょう》に晒されて、まともな思考などできるわけもない。

次第に、立っていることさえ辛くなってきた。脚が震えて、力が抜けていく。ぐわん、と視界が揺れる。階段の一段目が、クレアの眼前に迫る。

「レディ・クレア！」

突然伸びてきた手が、クレアの体を支えた。肩を掴まれ、階段に打ちつけそうになっていた頭が持ち上がる。

「大丈夫ですか？　持病の頭痛ですか、お薬はどこに？」

持病なんて、クレアは持っていない。自分の体を支えているのが誰かわからなくて、クレアはぐらぐら揺れる頭を助けてくれた誰かのほうへ向けた。

クレアの顔を覗き込んでいるのは、昨日クレアが屋敷から追い返した刑事のひとり、ヘイリー・ラスだった。眉を八の字にして、心配そうにクレアの様子を見ている。

「……ミスター・ラス……？」

「はい、そうですよ。意識はしっかりしていらっしゃるようですね。立てますか?」

絞り出すようなクレアの問いかけに、ヘイリーはにこやかに頷いた。ヘイリーの手に支えられながら、クレアは姿勢を正す。

まだ足元はおぼつかないが、脚に絡みつく腕や、女の声は消えていた。そのことに安堵《あんど》の息をついてから、はっと気づいて周囲を見渡した。しかし、あのローブ姿の不審人物は、影も形もなかった。クレアが幽霊に気を取られている間に、姿をくらましたのだろう。

「どうしました、レディ・クレア」

きょろきょろと視線を動かすクレアに、ヘイリーは小首をかしげて尋ねる。長身の男性がするにはあざとい仕草だったが、柔和な印象の彼の顔立ちと相まって、妙に似合っている。

「……いいえ、なんでも。助かりました、ミスター・ラス。ありがとうございます」

気づけば、通行人はもうクレアに視線を向けていなかった。ヘイリーが咄嗟《とっさ》に「持病の頭痛」などと声を上げてくれたおかげだ。あの一言のおかげで、クレアは「突然奇行に走った貴族令嬢」から「突然の頭痛に苦しむ貴族令嬢」に変貌《へんぼう》した。

ヘイリーから一歩離れて、クレアは頭を下げる。彼に思うところがないわけではなかったが、助けてもらったことには感謝している。素直に礼を言うと、ヘイリーは笑みを深めた。

「どうぞ、気軽にヘイリーと呼んでください。足元がまだ不安ですね。ばあやさんのところまで一緒に戻りましょう」

ちらと階段の上を見ると、ミセス・ペインが青い顔のままはらはらとクレアを見つめていた。早く上に戻りたいが、今もまだ震えの残る脚で、ひとりでこの階段を上るのは不安が勝る。

「どうも、ご親切に」

いくら感謝していても、親しく名前で呼ぶ気は起きなかった。それを言外に示したつもりでそっけなく答える。しかし、ヘイリーはそれに気づかなかったのか、人の好《よ》さそうな笑みを崩さない。

「それにしても、どこまで行かれるんです？　伯爵令嬢が、徒歩だなんて」

「ちょっとした用事ですのよ。郵便局に、手紙を出しに行くところでしたの」

「なんでまた、ご自分で」

クレアは嫌味のつもりで言った言葉だったが、ヘイリーには伝わらなかったようだった。あまりにも遠回しだった、と反省して、にっこり笑って直接的な言い方に変える。

「うちのメイドの教育が行き届いていないことは、昨日誰かさんが教えてくださいましたから」

「大変申し訳ありません……」

やっとクレアの嫌味を理解したらしいヘイリーは、すっぱい葡萄《ぶどう》でも食べたかのように顔をくしゃくしゃに歪めてしまった。その表情があまりにも素直で、思わずクレアはくすくすと笑い声を漏らす。

笑われたヘイリーはごほんとひとつ咳《せき》ばらいをして、再びクレアのほうに手を差し出した。

「お詫《わ》びと言ってはなんですが、郵便局までお送りしましょう。ちょうど辻《つじ》馬車を捕まえたところなんです」

「まあ。でも、どこかへお出かけなのでしょう」

「大した距離でもありませんし、寄り道したって大丈夫ですよ。もちろん、レディが僕を信用してくださるなら、ですが」

困ったような笑顔で、ヘイリーはクレアに手を差し出している。それをどうしたものか、クレアはしばし考え込んだ。

心証としては、悪くない。屋敷に来た時も態度が悪かったのはデュランのほうで、ヘイリーは急な訪問以外は礼を失することはなかった。先ほども、スマートに助けてくれた。

人々の注意が散ったのは、ヘイリーの一言のおかげだ。何より、嫌悪感がなかった。名前を呼ばれ、手を取られても、おぞけだつようなあの感覚がなかった。

（……信用してみよう）

クレアは意を決して、ヘイリーの手に自分の手を預けた。ぱっと顔を輝かせた彼にエスコートされて、階段を上る。

近寄られても、触られても、悪意の欠片《かけら》も感じない人間。そういう人間が少ないことを、クレアはよくわかっている。クレアの知る限り、社交界にはそんな人間はひとりだけしかいなかった。

（アネット様）

陽《ひ》だまりに咲く花のような少女を思い浮かべて、クレアはもう一度、転げ落ちていく桃色のドレスを振り返る。そんなクレアの様子をヘイリーが不可解そうに見ていたが、クレアはそれに気づかないふりをして視線を前に戻した。

階段の最上段に着くと、泣きそうな顔をしたミセス・ペインがクレアの腕に縋りついた。

「お嬢さま！　無茶はおよしくださいまし、わたくしの寿命がどれだけ縮んだと……！」

「ごめんなさい、ミセス・ペイン。大丈夫よ、ミスター・ラスのおかげで傷ひとつないわ」

「もう、もう、お嬢さまに何かあったらわたくし、大奥さまになんと申し開きすればよいか！　どうか大奥さまには、お嬢さまは最高の淑女におなりあそばしたとご報告させてくださいまし！」

「落ち着いて、ミセス・ペイン。みんな見てるわ」

近頃いっそう細くなった肩に触れてクレアがそう言えば、ミセス・ペインははっと自分の口を両手で押さえた。怒りと興奮のあまり、衆人環視の中ではしたない行動をとってしまったことを恥じて、ミセス・ペインの白い頬が真っ赤に染まる。

「ミセス・ペイン、こちらのミスター・ラスが郵便局まで送ってくださるのですって。ご厚意に甘えましょう」

そう言いながら、クレアはミセス・ペインの背を押してその場から離れさせる。羞恥《しゅうち》で前後不覚になっているミセス・ペインは、人形のようにクレアの指示に従った。ヘイリーもミセス・ペインを周囲から隠すように隣に立ち、すぐ近くに停まっていた、いかにも焦《じ》れた様子の御者《ぎょしゃ》が座っている馬車へと案内した。

三人が近づくと、せっかちな御者は貧乏ゆすりをしながらぎろりとヘイリーを睨んだ。

「すまない、待たせて。郵便局に頼むよ」

「あいよ」

御者は不機嫌そうな声で答えて、三人が乗り込むのを待った。クレアとミセス・ペインはヘイリーが開けてくれたドアを通り抜け、スプリングの弱い座席に腰を下ろす。次にヘイリーが乗り込んでくるだろうと顔を上げて、ぎょっと身を引いた。

反対側のドアにくっつくようにして距離を取ろうとしたクレアと、それを守るように身を乗り出したミセス・ペインに目もくれず、赤毛の男が馬車に乗り込んできた。当然とでもいうように、彼はクレアの目の前にどっかと座る。その後から困ったような笑みを浮かべたヘイリーが入ってきて、ぱたんとドアを閉めてしまった。

それを合図に、御者が馬に鞭《むち》打って走らせ始める。外に飛び出す手立てもないクレアは、唖然《あぜん》としながら叫んだ。

「だっ、だ、騙《だま》したわね!?」

「あなたの危機管理がなってないだけだ」

威嚇《いかく》する猫のように肩を震わせるクレアに、デュランは冷たく言い放つ。

「昨日会ったばかりの男を信用できると本当に思ったのか？　確かにヘイリーは一見人畜無害だろうが、腐ってもローレルスクエアの人間だぞ。多少の搦《から》め手や嘘やはったりはお手のものだ」

「おい、人聞きの悪いことを言うなよ」

「本当のことだろう。さっきだって、いつ声をかけるか時機を見計らっていたくせに」

男たちの会話を聞いて、クレアははっと気づいた。

ヘイリーの登場は、あまりにもタイミングが良すぎた。突然の頭痛に苦しむ令嬢を——颯爽《さっそう》と助ける好青年。ロマンス小説の書き出しにでもありそうな、完璧なシチュエーションだ。ヘイリーの甘く優しい顔立ちも相まって、たいていのご令嬢ならころりと恋に落ちてしまうだろう。そう思うと、あのローブの人物も怪しい。あの意味不明な言葉が、クレアを苦境に陥《おちい》らせるための仕込みだった可能性もある。

「まさか、全部計算して……」

「待ってください、レディ・クレア。惑わされないで。いつ声をかけようか悩んでいただけです、他意はありません！」

「それも嘘……?」

「レディ・クレア、あなたに嘘をついたことはありません！」

ヘイリーは必死に言い募るが、クレアはいまいち信用しきれずに身を硬くした。こうなってしまえば、郵便局まで送るという彼の言葉も偽《いつわ》りかもしれない。あらかじめ御者と打ち合わせをしておけば、いくらでも行き先は変えられる。

「そうだな、確かに嘘は言ってない。自分に都合の悪い事実を隠しただけだ。言葉の選び方が悪かった」

「デュラン、頼むから黙ってくれ。お前が口を開くと事態が悪化する」

発言したデュラン本人は、援護のつもりだったのだろう。デュランは心外だ、とばかりに顔をしかめたが、ヘイリーの言う通り口をつぐんだ。

「不意打ちのような真似をしたことはお詫びします。ですが、俺たちはあなたを篭絡《ろうらく》して意のままにしようとしてるわけじゃない。ただ、少しお話がしたかっただけなんです」

「それならまともなやり方があるでしょう。昨日といい今日といい、なぜあなたたちは強襲しかできないの」

「すみません」

ヘイリーは本当に申し訳なさそうに眉尻を下げている。だが、クレアはもうそれを頭から信じる気にはなれなかった。

「あなたがあなたの見ているものについて語りたがらないのは、存じ上げています。最初からそれをご説明したら、こうして顔も合わせてくださらないでしょう？　それで、少しばかり乱暴な手段に」

「不誠実な手段で対話の場を設けて、信用を得られるとお思い？」

ミセス・ペインと手を取り合い、クレアはきっとふたりの男を睨む。ヘイリーは相変わらず困ったように笑っているが、デュランはクレアの言葉を鼻で笑った。

「おれたちよりあなたのほうがよほど不誠実だ、レディ・クレア。いったいいつまで誤魔化し続けるおつもりで？」

「私が何に不誠実だと仰るんです」

「ミス・アネット」

眦を裂いたクレアに、デュランは淡々と告げる。

「先ほど、大階段で何をご覧になっていたんです？　あなたは明らかに何かを見つめて、観察していた。あなたがずっと立っていた階段下、あそこはミス・アネットの遺体が見つかったその場所だ。伝聞でしかミス・アネットの死を知らないはずのあなたが、間違いなくそこを見つめていた。いったい、何を見ていたんです」

口をつぐんだクレアに、デュランは畳みかける。

「誰も知らないミス・アネットの死の真相を、あなたは知っている。あなただけが知っている。一度は犯されかけた彼女の名誉を、あなただけは完璧に守ることができる。それなのに、あなたは語ろうとしない。言外に示しはしたが、断言せずに自分の評判を守ろうとしている。そのあいまいな態度を、不誠実と言わずになんと言うんです」

「……語って何になるの」

「お嬢さま！」

クレアはデュランを冷たく睨みつけ、嚙み締めた歯の隙間から言葉を押し出す。ぴったりとそばに控えたミセス・ペインが、不安げにクレアを見つめていた。

「レディ・ファントムがアネット様について明言することが、なにを招くかわかっている？　社交界の人たちは何が真実かなんて関係ない。目新しい、面白い、珍しい、そんなものならなんだっていい。私《わたし》がアネット様について言及した途端、あの人たちは口さがない噂を流しだすわ。レディ・ファントムは見たんだ、彼女はまだ天の御国にたどり着いていない。そう口々に言って、しまいには故人の尊厳まで踏みにじる。――レディ・ファントムが言うには、彼女はイ・ファントムは見たんだ、
自分の罪を贖《あがな》うまで天の御国の門をくぐれない！」

ふたりの男は黙って、浴びせかけられる言葉の雨を受け止めていた。片や痛ましそうに、片や興味なさげに、付き添い役の老婆《ろうば》を腕にぶら下げた怒れる令嬢を見つめている。

「私が何を語っても、結果はみんなの退屈しのぎよ。面白おかしく語られるために、アネット様の真実を語るなんて御免だわ。あなたたちだってそうでしょう？　私の話を聞きたがるのはローレルスクエアお得意の立ち聞き趣味かしら。それとも興味本位？　どちらにしたって、あなたたちの望むものを語る義理なんてどこにもないわ」

クレアの青い瞳が、怒りと嘲りで揺れている。その様子からは、今まで彼女がどう扱われてきたかが見て取れる。

社交界の人々は、いつも退屈している。胸躍《おど》る事件や醜聞《しゅうぶん》に飛びついては、一時の興奮に身を任せ、想像を膨らませて噂を流す。そして、飽きたら忘れて次の話題に飛び移る。クレアの語ることが、どれだけ彼らによって面白おかしく改変されてきたか。今更、突然現れた他人をすぐに信用することなどできるはずがない。

ふむ、とデュランはひとつ、頷いた。

「そうか。一応は、ミス・アネットのためだったわけだ」

「どういう意味」

噛みつくクレアに、ミセス・ペインが青い顔でお嬢さま、と再度呼びかける。狭い馬車の中、どこに連れていかれるともわからない状況で、体格でも体力でも勝る彼らに反抗するのは、ミセス・ペインには得策とは思えなかった。

しかし、デュランは気を悪くしたふうには――むしろ気にしたふうもなく、冷静にクレアを見つめている。

「こちらも一応、ミス・アネットのために調査している。あなたが懸念しているような、故人を面白おかしく飾り立てて見世物にするつもりは一切ない。それは約束する」

「一応?」

「一応、だ。おれの依頼主はミス・アネットではないから、一から十まで彼女の望んだ通りとはいかない」

デュランの言葉に、クレアは眉をひそめた。

ローレルスクエアであるなら、依頼主などいない。彼らは法を守るために、法を逸脱した不届き者を捕らえる。彼らの主人は法であり、また女王である。それなのに依頼主とは、どういうことか。

怪訝《けげん》そうな表情になったクレアを見て、慌てたのはヘイリーだった。

「デュラン、それ以上は」

「いい。ローレルスクエアの権威も、お前の色仕掛けも、男ふたりの圧力もこれ以上無駄だ。それならもう、真実しかない」

「い、色仕掛けって言うなよ……」

妙にドギマギした様子で、ヘイリーの目が泳ぐ。やはり自分の容色でたぶらかそうという気はあったのか、とクレアのヘイリーを見る視線が冷気を帯びる。それを感じ取ったのか、ヘイリーは首をすくめて唇を尖らせた。

そんな空気を無視して、デュランは自分のフロックコートの内ポケットから名刺入れを取り出した。革製のそれは、デュランの年齢に見合わず長い間使い込まれた艶《つや》を放っていた。フクロウと馬蹄《ばてい》が刻印されたそれから一枚、名刺を抜き取って、クレアに差し出す。

訝《いぶか》しみながらそれを受け取ったクレアは、そこに記された内容を見てさらに訝しげに表情を歪めた。

──私立探偵　デュラン・コーディ──

クレアは職業、氏名と住所の三つだけが書かれた簡潔なその名刺と、デュランの顔とを見比べた。

「探偵……探偵？　でも、ローレルスクエアって……」

「そう言ったのはヘイリーだ。おれじゃない」

言われて思い返してみれば、応接室で最初に自己紹介をしたのはヘイリーで、その後、交代するようにデュランが話をしていた。ローレルスクエアを名乗る男と、その連れ。当然のように、連れもローレルスクエアだと思い込んだ。

「さ、詐欺《さぎ》行為！」

「詐欺とは、人を騙して金品を奪ったり損害を与えたりすることを言う。ヘイリーは君に誤認させただけで、詐欺を行ったわけじゃない」

「しれっと俺に責任を押しつけるなよ、指示したのはお前だろ⁉」

「意図的に誤認させたなら詐欺よ！　実行した時点であなたも同罪よ、ミスター・ラス！」

「お嬢さま！　だめです、抑えて！」

頬を赤くして叫ぶクレアとヘイリーとは対照的に、デュランは悪びれることもなくその長い脚を組み替えて悠々としている。ミセス・ペインは眉を吊り上げている主人を落ち着かせようと、クレアの腕をしきりにさすっている。

狭い車内が混乱しきっている中、ガタンと大きく馬車が揺れた。不機嫌そうな声が、馬車前方にある御者台から響く。

「郵便局、着きましたよ」

御者の言葉に、クレアは身構えた。約束通り郵便局まで送ってはくれたようだが、無事に馬車から降りられる保証はない。クレアは自分に縋るように取りつくミセス・ペインの細い手を、ぎゅっと握った。

警戒するふたりを見て、ヘイリーは苦笑した。彼は馬車の扉を開け、先に外に降りてクレアたちに手を差し出す。

「お手をどうぞ、レディ・クレア。誰もあなたを傷つけたりしませんよ」

にっこりと笑うヘイリーは好青年そのもので、とても詐欺の片棒を担《かつ》いだり、若い娘をたぶらかしたりするようには見えない。しかし、人畜無害の顔をして彼が平気で人を騙すことを、クレアはもう知ってしまった。

彼の手を取ることに抵抗はあったが、いつまでも馬車の中にいるわけにもいかない。ミセス・ペインを先に降ろさせ、車外にいるヘイリーに右手を伸ばした。

「レディ・クレア」

伸ばしかけた手を摑まれて、馬車の中に引き戻される。腕を引かれるまま、体をねじるようにして、クレアの手を捕らえたデュランのほうに顔を向けると、彼はひどく真面目な表情をしていた。驚きに目を瞬《またた》くクレアの耳に、形のいい薄い唇が寄る。

「その手紙を出したら、もう一度この馬車に。依頼の内容も、今回あなたに近づいた理由も、お話しする」

低く囁く声に、ぞわ、と肌が粟《あわ》立った。摑まれた腕を振りほどき、半ば道路に飛び降りるようにして馬車から降りる。降りた拍子に昨夜の雨でできた水たまりに足を突っ込んで、ブーツに泥水が跳ねた。

クレアが車内を振り返れば、デュランは悠々と足を組んだまま、深く腰掛けている。

「エスコートなしで馬車から降りるのは優雅ではないな」

まるでマナー講師のように言い放たれて、クレアは絶句した。誰のせいでブーツを汚す羽目になったと思っているのだろう。だが、その文句をそのまま口に出すのも、彼を意識しているように思えて嫌だった。

結局クレアは何も言えないまま、ただ子どものようにそっぽを向いて、郵便局のドアに向かって歩き始めた。その背を追うのはミセス・ペインのみで、ヘイリーはフットマンのように馬車の横に立ったまま、デュランは馬車から降りようともしなかった。

郵便局の中は閑散《かんさん》としていた。右手にカウンターがあり、左手に宛名を書いたり切手を貼ったりするために筆記用具の乗った机が並んでいる。黒ずんだ木目の壁は年季を感じさせたが、不潔な印象はない。リーヴァイで一番大きな郵便局である中央郵便局は、二百年前、創業当時に建てられた局舎を今日に至るまで使用している。歴史がある分、手間をかけているのだろう。掃除は行き届き、窓ガラスには曇りひとつない。窓辺とカウンターの端、それに扉近くのチェストには、陽光に照らされた秋咲きの薔薇《ばら》が瑞々《みずみず》しく生けられていた。

クレアはまっすぐカウンターに向かい、小さな丸眼鏡をかけた局員にバッグから取り出した手紙を差し出す。

「エイベル伯爵領に……急ぎなのだけど、いつ着くかしら」

「はい、はい。今からですと昼の集荷になりますから、明日の午後でしょうか。それより早くとなりますと、使者を別にお立てになったほうがよろしいかと」

「明日で充分よ。お願いします」

「はい、ありがとうございます。切手代、五レプタいただきます」

局員は手早く手紙を検分し、人のいい笑みを浮かべて銀のトレイを差し出した。そばに控えたミセス・ペインがかばんの中から財布を取り出し、銅貨を五枚、トレイに乗せる。

オルランド王国に蒸気機関車の路線が敷かれたのは今から二十年ほど前だ。新しい乗り物にはじめこそ賛否両論あったものの、今ではすっかり移動手段の要《かなめ》となり、庶民《しょみん》から貴族まで利用している。機関車が運ぶのは人だけではない。馬車で配達されていた郵便物も、機関車で輸送されるようになった。機関車は馬よりも手がかからず、多くのものを一度に運べ、輸送に掛かる時間も短くなる。しかし、郵便のために使える車両は数が限られており、毎日午前、昼、午後の三便でリーヴァイを出ることになっている。そのため、本当に急ぎの知らせは電報に変えるか、家人を走らせるのが一般的だった。

手続きを終え、局員に礼を言ってカウンターに背を向けて、クレアはぴたりと足を止めた。ミセス・ペインが心配そうな視線をクレアに向けている。

ドアの外には、ヘイリーとデュランが待ち構えている。デュランに言われた通り馬車に戻るのは癪《しゃく》だったが、拒否したところで彼らが諦めるとも思えなかった。また無理やり屋敷に押し入られ、メイドに根掘り葉掘り聞かれるよりは、まだ正面から突撃してきているうちに向き合ったほうがいくらかましだろう。そもそも、アネットのために調査しているという彼らのことが、クレアも気になっている。そう考えて、クレアは小さくため息をついた。

「ミセス・ペイン、これから私がやることも言うことも他言無用です。特にお母さまには、絶対に知らせないで。いいわね？」

「……承知しました、お嬢さま」

クレアの言葉に何か思うことがあったらしいミセス・ペインは、白いものが交じった眉を少々寄せながらも沈黙を約束した。優しい祖母がクレアに遺してくれたこの家政婦は、何年経《た》とうとかつての主人に忠実だ。フォスター家の双子を守り、庇《かば》い、障《さわ》りのないように立ち振る舞う。

クレアはミセス・ペインを伴って、郵便局の外に出た。案の定、先ほどと変わらない位置に馬車が停まり、ヘイリーが立っている。

クレアが馬車のほうに近づいてくるのを見て、ヘイリーはにっこりと甘い笑みを浮かべた。

「お待ちしていました、レディ・クレア。どうぞ」

馬車のドアを開け、ヘイリーはクレアに手を差し出す。むっつりと無表情のまま、クレアはその手を取って馬車に乗り込んだ。

車内には先ほどと同じように足を組んだデュランが座っている。彼はクレアをちらりと見ると、何も言わずにその長いまつげを伏せた。小さな苛立ちがクレアの胸中に湧いたが、それを摑む前にミセス・ペインとヘイリーが乗り込んできて、馬車が動き出した。

「どこに行くの」

行き先のわからない不安から、クレアはきっと男たちに目を向けた。

「おれの事務所だ。安心しろ、郊外の一軒家だの、港湾の倉庫だの、そういう怪しい建物じゃない。いたって普通の、テラスハウスだ」

「テラスハウス……」

「貴族のご令嬢には狭苦しいところだろうが、堪《こら》えていただきたい」

横長の建物を壁で垂直に区切り、それぞれに玄関を構え、独立した住居とする長屋を、テラスハウスと呼ぶ。自身の邸宅しか知らない貴族令嬢には、縁のない場所だ。クレアもまた、見たことはあっても立ち入ったことはなかった。

未知の場所への不安と好奇心を抑えながら、クレアはデュランを見据えた。どうしても、彼に確認しておきたいことがあった。

「ミスター・コーディ。あなたは、ミス・アネットのために行動していると仰ったわね。

その言葉に偽りはない？」

「ない。そもそもおれの依頼人が……これも後で話すが、彼女の名誉が守られることを望んでいる。おれの行動に、ミス・アネットを害する意図はない」

「神に誓って？」

「神なんかに誓って何になる」

決定打のつもりで言った言葉を切り捨てられて、クレアは目を見開いた。

オルランド王国では、神は絶対の存在だ。オルランド王国で生まれた全員が教会で洗礼を受け、結婚式を挙げ、葬式を行う。生活と思想に根差した、基盤と言ってもいい。それ故《ゆえ》に神の前ではいかなる偽りも謀《たばか》りも許されず、神への誓いは潔白の宣誓となる。公式な裁判や、今のような会話でも、自身の潔白の証明として神に誓う。

オルランド国民であれば、それを知らないはずはない。にもかかわらず、デュランは誓いを拒否したうえに、神なんかと言い捨てた。

自分とはまったく異なる価値観を前に唖然としているクレアに対して、デュランは淡々と言い放つ。

「おれはろくに神を信じていない。神への祈りも聖典の言葉も飽きるほど聞かされたが、そのたびに疑問が浮かんだし、その疑問に答えられる司祭はいなかった。全員が全員、子ども騙しの誤魔化しでその場をしのごうとしていた。そんなやつらが仕える神なんて、たかが知れている」

どうにもそれは、彼が普段から主張している持論のようだった。デュランの隣に座るヘイリーは、諫《いさ》めるでもなく苦笑している。

「そ、そんなことを言って、国教会に知られたら破門されますよ」

「もうほとんどされている。気にしなくていい」

なんとか忠告めいたものを口にしたクレアだったが、鼻を鳴らしたデュランにあっさりと受け流されて、くらりとめまいを起こした。

国教会からの破門など、まっとうなオルランド国民からしてみれば耐えられるものではない。結婚も認めてもらえず、子どもが生まれてもオルランド国民として認められず、墓地にも埋葬してもらえないのだ。それなのに、デュランは何でもないことのように言う。

「どうしても誓いがほしいなら、あなたに誓おう」

「え？」

額に手をやってめまいに耐えていたクレアは、デュランの言葉に視線を上げた。デュランの榛《はしばみ》色の瞳が、揺らぐことなくクレアを見つめている。

「おれの行動はミス・アネットのためであると、あなたに誓おう。哀《あわ》れな死者たる彼女の名誉を守り、貶《おとし》めることはしない。……絶対に」

　デュランの宣誓が淀《よど》みなく紡《つむ》がれる。落ち着いた、低い声で行われたそれは、クレアにはなぜか神への誓いより信じられる気がした。

　クレアは頭を振ってその恐れ多い考えを振り払い、まっすぐにデュランを見つめ返した。

「わかりました、信じましょう。どうぞ、私のことはクレアと。煩《わずら》わしいでしょう、気楽になさって。私もそうします」

「ああ、よかった。もうクレアにはすっかり嫌われたかと思ってたんだ」

　クレアの言葉に、喜色満面で答えたのはヘイリーだった。名前を呼び捨てるのも、簡単に順応している。どうにも女好きのきらいがありそうだ、とクレアは思った。

「それで、なにを聞きたいの？　パール広場の……」

「待て」

　ヘイリーを無視して話を進めようとしたクレアを、デュランが遮った。不愛想なしかめ顔は、もうクレアのほうを向いていない。車窓の外、少しずつ家屋が増え、居住区に入ろうとしている街並みに視線を向けている。

「話は事務所に着いてからでいい。こんな誰が聞いているとも知れない場所でする話じゃない」

「……馬車の中よ?」

首をかしげ、眉根を寄せるクレアに、デュランはふんと鼻を鳴らした。車窓から目を離し、自分の背後、御者席があるほうに顎をしゃくってみせる。ちょうどその時、まるで存在を主張するように馬車がガタンと揺れた。

馬車が停まったのは、リーヴァイの中心部からほど近い、居住区でも裕福なほうに入る区域だった。狭い袋小路の道の両端に、同じ外観の横長の建物が鎮座し、それぞれ五つの同じ造りの玄関扉が付けられ、五本の同じ煙突が立っている。赤レンガの壁には蔦《つた》が這《は》い登り、見事な紅葉を見せていた。屋根は黒に近い茶色で、瓦《かわら》の隙間からは濃い緑色の苔《こけ》が顔を出している。上流階級の古い邸宅に近い、落ち着いた上品な雰囲気を感じる建物だった。袋小路の突き当たり、ひとつだけ独立した一軒家――こちらも、玄関扉や壁等の外観は左右の建物と同じだったが――は、大家が住む家だという。よく手入れされた前庭には、今が見ごろの白いシュウメイギクや、色鮮やかなダリアが植えられている。ガーデニングが好きなのだろう。テラスハウスの前にも、いくらか花壇が設けられ、目隠し代わりに薔薇の生け垣が作られている。

デュランの事務所兼住居は、通りに最も近い、右手のテラスハウスの一番右端にあった。ろくに窓を開けないのか、二階の窓は蔦に覆われてしまっている。袋小路の手前で馬車から降り、御者に代金とチップを手渡して、彼が去っていくのを見送る。最後まで、機嫌の悪い様子を隠さない御者だった。

懐《ふところ》から取り出した鍵で玄関を開けたデュランは、クレアに中に入るよう促した。

「一階が事務所。二階を住居としているから、階段は上がるな」

「わかったわ」

返事をしながら、クレアは差し出されたデュランの手を取った。傍若無人《ぼうじゃくぶじん》が形を取ったかのような彼が自然とエスコートすることに少々驚いたが、それを表情に出さないように気をつける。

事務所として活用されているはずの居間は、とにかく物であふれ返っていた。壁に張りつくようにして大小さまざまなキャビネットが並べられ、無理に押し込んだのだろう紙の端が、引き出しの隙間から覗いている。木製の事務机は立派だったが、その上にも紙束がいくつか無造作に置かれている。美しいマホガニーの天板にインクの染みがいくつもついているのを見つけて、木工家具を扱う領に生まれたクレアは眉をひそめた。本棚にはオルランド語だけでなく、外国語の題名が背に躍る分厚い布張りの本が詰め込まれていた。さらには、クレアには使用用途のわからない、ガラスの筒やら陶器の球体やら、そんなものが棚の上に留まらず床にまで置かれている。足の踏み場がない、というほどでもないが、少なくともドレスの裾に何かひっかけて倒してしまわないよう、気をつける必要はあった。

デュランはほこり除けの布をかけたままだったアームチェアからそれを取り払い、クレアに勧めた。同じように、ミセス・ペインにも小さなスツールに座るよう促す。主人のいるところで着席しないよう躾《しつけ》られているミセス・ペインはためらったが、長い話になるから、というクレアの言葉もあって、恐る恐るといった様子でスツールに腰を下ろした。

部屋の主《あるじ》であるデュランは事務机の向こうに回って揃いの椅子に腰かけ、ヘイリーは慣れた様子で机の端に座った。女性陣がヘイリーの無作法に眉をひそめると、彼はやっぱり困ったように笑った。

「この部屋、椅子が少なくって。今だけ目をつぶってほしいな」

ヘイリーの言う通り、これだけ物がある部屋にもかかわらず、椅子はクレアとミセス・ペイン、デュランが使っている三脚しかなかった。

「普段はおれと依頼者くらいしか使わないからな。この部屋にこんな人数が集まったのも初めてだ」

肩をすくめたデュランが、机上から紙束をひとつ、無造作に取り上げた。それはヘイリーに手渡され、ヘイリーからクレアに渡される。

紙の右上に穴を開けて紐《ひも》を通しただけのそれは、どうもアネットに関する調査資料のようだった。一番上の紙を表紙として「コンラッド子爵令嬢　身辺」と記されていた。

「まずは、おれの依頼者について話す。そうでなくては、あなたも話しづらいだろう」

表紙を捲《めく》ろうか捲るまいか考え込んでいたクレアは、デュランの声ではっと我に返った。視線を紙束からデュランに移せば、彼はまっすぐクレアを見つめていた。

「当然だが、他言無用だ。いいな？」

そう念を押すデュランに、クレアは頷いてみせる。社交界の噂話は野火よりも早く広がる。クレアがどこかで口を滑らせれば、翌日にはどこの誰が探偵を雇ってまでアネットの事件を調べさせているのか、誰もが知るところになるだろう。

「二週間前の朝十時、コンラッド子爵夫人がここを訪ねてきた。ずいぶんと憔悴《しょうすい》して、今にも倒れそうな顔色だった。頬もこけていたし、あれはしばらく食事も睡眠もまともに取れていないだろうな。ちょうどあなたが座っている椅子に腰かけ、おれが出した紅茶にも手をつけず、切り出した。娘を殺した人間を見つけてくれ、と」

「……コンラッド子爵夫人は、殺人だと思っていらっしゃるのね」

依頼人としてコンラッド子爵夫人の名前が出たことに、クレアは驚かなかった。むしろ納得さえしていた。

　コンラッド子爵家の母子《おやこ》は、仲が良いことで有名だった。歳《とし》の離れた友人のようにも見える彼女たちは、舞踏会や茶会に必ず一緒に参加していた。アネットが遅くにできた子なのに加え、子爵によく似ていたのも溺愛《できあい》の理由だろう、と言われていた。結婚して三十年近く経っているはずだが、彼女は娘時代と変わらずコンラッド子爵を一途に愛し続けている。そんな夫によく似た娘は、何にも代えがたい宝だったろう。

「娘は慎み深く、信心深かった。あんな日に外出するような子ではないし、自分で死を選ぶとも思えない。ならばあの雨の日に外に誘い出した不届き者か、あるいは直接手にかけたならず者がいるはずだ、というのが夫人の主張だ。どちらにせよ、娘に非はなく、ただ哀れな被害者である、と示したいようだった」

「それは……そうでしょう。一度は自殺の汚名を着させられたのだもの。でも、犯人探しなら探偵よりも警察にお願いしたほうがいいのではなくて」

　言いながら、クレアはちらりとヘイリーに視線をやる。彼が本当に嘘をついていないというのなら、この中で最も調査するのに適した人選は彼だ。クレアの視線に気づいたヘイリーは、ただ笑った。

「そう疑いの目を向けないで、警察官なのは本当だから。……子爵夫人が、ローレルスクエアは信用できないと仰ったらしくてね。僕はおおっぴらに関わることができないんだよ」

「ローレルスクエアを？　なぜ」

「メイナード公の息がかかっているかもしれない、と」

苦笑交じりに告げられた名前に、クレアはぱっとその藍《あい》色の目を見開いた。

「夫人はメイナード公を疑っていらっしゃるの⁉」

王太子の長男であり、王位継承権第二位を示すメイナード公爵位を持つヒューバート・レスリー・オブ・メイナード公爵は、オルランド王国で悪名を轟《とどろ》かせている。幼少の頃は子守の目を盗んで下町に降りては悪童に交じって悪戯《いたずら》の限りを尽くし、正体が露見すればその地位の高さを盾に今までの悪戯を不問にさせたという。婚約者を探す年齢になってみれば貴族令嬢のみならず若い未亡人とも浮名を流し、のぼせ上った女を公《おおやけ》の場で侮辱《ぶじょく》してみせた。その結果、社交界のみならず庶民の間でも、メイナード公の評判はすこぶる悪い。

王室全体の醜聞と捉えられていないのは、ひとえに女王の人気の高さと、王太子が息子の悪行に苦しめられていることを国民が重々承知しているからだった。年齢はクレアよりふたつ上の二十歳《はたち》だが、クレアが社交界デビューを果たす前、彼が十五歳の時に、女王の命令で近隣諸国へ遊学に出されている。社交界ではまことしやかに、メイナード公の外国贔屓《びい》眉《き》ぶりに嫌気がさした女王が、そんなに他所《よそ》がいいなら他所の子になりなさい、とまるで庶民の親子喧嘩のようにオルランドから追い出したのだ、と語られている。

遊学に出てから五年、オルランド社交界でメイナード公の姿を目にした者はいない。だが、一部では彼はすでに帰国していると噂されていた。とある侯爵令嬢の矜持《きょうじ》をこれ以上ないほど踏みにじって以来絶えていた彼の婚約話が、秘密裡《り》に進められ始めたからだ。

「声が大きい。どこかで聞き耳を立てられていたらどうする」

不機嫌そうなデュランにそう指摘されて、クレアははしたなくも大声を上げた自分の口を押さえた。ミセス・ペインは主人をじとりと見つめ、ヘイリーは相変わらず笑っている。

「クレアは知ってるの？　メイナード公と、ミス・アネットの縁談について」

なぜか楽しそうなヘイリーに対して、クレアは頷いた。

「兄から聞いたわ。コンラッド子爵家に婚約の打診をしたらお断りされた、と」

エイベル伯爵家は特別大きな家ではないが、林業と木工業が盛んなことで有名だ。領地の大半は森に覆われていて、気難しい木こりと木工職人ばかりが住んでいる。気難しいだけに他領のみならず領内での衝突もままあり、クレアの両親はいつも仲裁に駆け回っている。しかしその分こだわった材木の質や職人の腕は他所では簡単にお目にかかれないものであり、上流階級や中流貴族は好んでエイベル伯爵領で製作された木工製品を求める。エイベル伯爵家は、高く飛翔することはなく、されど地中に沈むこともなく、堅実に地面の上を歩いている、中位貴族の家だった。

対して、コンラッド子爵家は小さな家だった。領主の気性を反映してか、大らかで平穏な地だとは聞くが、目立った特産品も事業もない。そのうえ子爵の嫡出子《ちゃくしゅつし》はアネットひとりであり、コンラッド子爵位は女性が継げる爵位ではなかった。溺愛するひとり娘に持参金を多く持たせることも、領地を遺すこともできないコンラッド子爵家にとって、エイベル伯爵家からの婚約の申し入れは断る理由のない縁談のはずだった。

「人嫌いの兄にしては珍しく、ミス・アネットには本当に好意を持っていたのよ。そんな女性ともなると伯爵家としても諦めきれなくて、多少しつこく粘ったの。そうして、何とか他にお話があったことを突き止めて……」

「それで、お相手が悪名高きメイナード公だと知ったわけだ」

デュランが呆《あき》れたように肩をすくめるので、クレアは気まずさからあいまいな笑みをこぼした。

正直、他に縁談があったこと自体は驚くことではなかった。アネットの気立ての良さは社交界でも評判だったし、愛らしい容姿も男女問わず人気があった。彼女を妻に、と望む男は多かったろう。両親がそれを押しのけてでもアネットを迎え入れようと奮起していたのを、クレアは知っている。

だが、相手が王族では太刀《たち》打ちのしようがない。コンラッド子爵家にしても、王家に睨まれてまで可愛《かわい》い娘を他の家に嫁がせようとはしなかった。つまるところ、王家も伯爵家も同じことを考えていたのだ。面倒な息子に気の優しい妻をあてがって、身を固めさせよう、と。

あえなく敗北した兄が、しばらくの間ひどく不機嫌だったことを、クレアは知っている。家の策略ではあったが、兄は彼自身の意志として、アネットを求めていた。それを承知しているだけに、顔も知らないメイナード公への仄《ほの》かな嫌悪感や、アネットの死への虚脱感がまとわりついて離れない。

「決闘でもなんでも挑めばよかったろう、その不調法者に」

「今の法だと私事決闘は禁止されていてよ。それに、縁談は女王陛下のご意志によるものでしょう。覆《くつがえ》るはずがないわ」

「一度は孫の妻にと望んでおきながら、ミス・アネットの自殺の噂を否定しなかった。女王陛下の情は薄く、偏《かたよ》りがある。強硬手段にでも出ていれば、黙って認めてくれただろうよ」

今にも唾《つば》を吐きそうな口調で、デュランは言い募る。まるで婚約を断念した伯爵家を責め、アネットの名誉を守ろうとしなかった女王を糾弾《きゅうだん》するかのようだ。

「あなたのほうが、声が大きいと思うわ」

「処罰するならすればいい。我らが女王陛下はたったひとりの暴言も許せないほど狭量だと、民に示すいい機会だ」

クレアは忠告のつもりで言ったのに、デュランはますます皮肉げな笑みを唇に乗せる。どうしたものかと思案するクレアに助け船を出すように、ヘイリーの明るい声が室内に響いた。

「まあまあ、そういう個人の思想はいったん横に置いといてさ。今はミス・アネットのことでしょ。この資料の説明、しなくていーの？」

ヘイリーはクレアの膝《ひざ》に乗ったまま一ページも捲られていない紙束を指さした。渡された時そのままの姿をしている紙束に視線を落としてから、クレアはデュランに目を向ける。

デュランは毒気の抜かれた顔で、ああ、と小さく呟いた。

「それはコンラッド子爵夫人の寄越した資料に、おれの調査の結果を追加したものだ。被疑者の一覧、それぞれの身辺調査、考えられる動機やミス・アネットの死で得られる利権がまとめてある」

見てみろ、とばかりに片手を振られて、クレアはページを捲る。ずらりと並んだ名簿の一番上にいるのは、メイナード公だった。しかし、二番目に兄の名前、三番目に自分の名前が並んでいるのを見つけて、クレアは顔をしかめた。

「私たちも被疑者なの？」

「君の兄君が一番熱心な求婚者だった。ミス・アネットのほうもまんざらでもない様子だった、という声はいくつも聞いた。好意に応えるそぶりを見せておきながら、より権威ある男になびいたのだから、復讐する動機がある。君も同様だ、クレア。エイベル伯爵家の双子の仲の良さは、社交界では有名だろう」

清々《すがすが》しいまでに疑念を隠さないデュランに、クレアは小さく笑った。

彼は知らないのだ。貴族が恋愛結婚で結ばれる、その難しさを。家同士の利権や家格のつり合い、長男か次男か、持参金はいくら用意できるか、そんな要素で結婚相手は選ばれる。好いた相手がいようと、必ず結婚できるわけではない。叶わなかったからといっていちいち相手を恨んで復讐していたら、オルランド王国の貴族社会はとうに崩壊している。

家を捨て、家族を捨て、領地を捨てて駆け落ちすることも不可能ではないが、クレメンスもアネットも、そんなことができる気質ではなかった。たとえ駆け落ちしたとしても後に残してきた者たちが気になって幸せになれない、そんな人たちだ。

「そんなに疑っているのに仲間に引き入れていいの？」

皮肉交じりの笑みと共に言葉を押し出せば、意外なことにデュランは首を横に振った。

「あくまでそのリストを作成した時に疑いが強かったということにすぎない。君がミス・アネットの名誉を守ろうとしていることは先ほどのやり取りで理解した。君がそう動くということは、兄君もそう動く。そうだろう？」

いったいどんな噂を聞きつけたのか、デュランはクレアとクレメンスの双子が相反する行動を取るとは思っていないようだった。特に否定することでもないので、クレアはただ微笑んでおいた。

改めて、クレアは一覧に目を落とす。ページを捲って、メイナード公の資料を見る。一覧の一番上にいるだけあって、その枚数は他のものより多いようだった。

「メイナード公って、本当に悪評高い方なのね……」

そこに記された事柄は、どれもがメイナード公の利己的で傍若無人な所業に依《よ》るものだった。いったいどうやって調べたのかクレアにはわからなかったが、クレアが聞いたことのない暴挙まで載っている。情報提供者の名前がきちんと付記されているのだから、その信憑《しんぴょう》性は確かに思えた。

兄はこんな人と女性を巡って争うことになっていたのか、と改めてぞっとする。

「誇張はされているだろうがな。メイナード公が最後に公の場に姿を現したのは五年前だ。そう皆の記憶が正しいとも言えない」

「噂に誇張はつきものだしねえ」

デュランは素っ気なく肩をすくめてみせ、ヘイリーは訳知り顔でうんうんと頷く。ヘイリーに遊び人の印象があるクレアは、彼も誇張された噂を流されたことがあるのかと妙に納得した。

「口頭で説明すべきことはこれくらいか。あとはその資料を確認してくれ、持って帰っていいから」

「いいの？　持ち出して」

「いい。自分の名前が載っている以上軽々には扱わないだろうし、内容は頭に入れている」

クレアはひとつ頷いて、紙束のページを元に戻してミセス・ペインに渡した。ミセス・ペインはそれをくるくると丸めて、手提《さ》げかばんの中に放り込み、しっかりと口を締めて、膝の上に抱き込んだ。

「今夜確認して、質問があれば来るなり使いを出すなりするわ。……それで？　あなたは私に何を聞きたいの」

「階段で何を見ていたか」

そういえば馬車の中でもそんなことを言っていた、とクレアは思い出した。

クレアを見つめるデュランの視線はまっすぐで、そこには一切の疑念もないように思えた。クレアに偽りを許さないが、自身にも偽りを許さない。散々好き勝手に振り回されたが、おそらく自分の中で譲れない筋がある、そんな性分なのだろう。

クレアは口を開こうとして、ふと胸中に湧いた疑問に、紡ごうとしていた言葉を止めた。神を信じない男が、幽霊を見る女を信じるのはなぜだろう。

「デュラン、あなたは神を信じないのに幽霊は信じるの?」

疑問は思ったより素直に言葉になった。投げかけられたデュランは一瞬不思議そうな表情をして、すぐに元の仏頂面《ぶっちょうづら》に戻った。

「おれは、神を見たことがない。存在すると信じるに値《あたい》する根拠を得たこともない」

「うん」

「だが、昔、幽霊に会ったことはある。幽霊であると、そうとしか思えない存在に。だから幽霊がいるとおれは知っている。それ以来、見たことはないが」

そう言うデュランは宙を見つめている。目を細めるそのしぐさは、彼が見たという幽霊の姿をそこに見顕《みあらわ》せようとしているようだ。

「そう」

安易に踏み込んではいけない気がして、クレアはそう言うに留めた。デュランもそれ以上詳細を語ることなく、ひとつ頷く。

「階段で見ていたのは、ミス・アネットの最期……階段の上から、転がり落ちて階段下にたどり着くまで。少なくともご自分で身を投げたのではないと思うわ。躓《つまず》いたのか、押されたのかわからないけど、階段の三分の一程度下りたところで、体勢を崩して、そのまま下まで落ちた。わかるのはそれくらい」

「ミス・アネット本人の話を聞くことはできないのか？　会話もできるんだろう」

「できるけど、今は無理」

「なぜ」

「ミス・アネットがご自分の死に納得していないからよ」

死の直前の場面を繰り返す幽霊を、クレアは何人も見ている。その理由は様々で、死にたくないとか、死んだことを理解していなかったとか、とにかく自分が死んだことに納得いかないのだ。

「ミス・アネットは今、自分が死んだことを自覚している最中なの。それが終わらないと、いくら話しかけても答えてはもらえないわ」

「どれくらいかかる」

「人による、としか言えない。私の祖母は病気で亡くなったけど、ひと月半の間ずっとベッドにいらっしゃったわ。ミス・アネットの場合は……どうかしら。正直、こんなにかか

ると は思っていなかったの」

　自分の死が近いことを悟り、身辺整理を終えていたクレアの祖母ですら、それだけの時間がかかった。作業中に事故死した木こりが翌日には幽霊として自覚していたこともあるから、心構えよりも生前の性格によるのだろうと、クレアは推測していた。アネットは物わかりのいい、さっぱりとしたところがあったから、一か月以上も自覚せずにいるとは、思ってもいなかったのだ。

「それに、話を聞けるとも限らないわ。これは私の考えだけど、この世界に留まるかどうかは未練の有無が関係していると思うの。未練があればそれを解消するか、あるいは諦めるかすれば天の御国へ向かう。未練がなければ……」

「死を自覚してすぐに天の御国へ向かう、か」

「そう」

　そう説明されて、ヘイリーが渋い顔でうなった。

「ミス・アネットに詳細を聞いてもらえば早いと思ってたんだけどなあ。そう簡単にはいかないか」

「未練の有無についてはここで議論しても仕方がない。未練があることを祈ろう。あとはとりあえず殺人と仮定して証拠を集めてこちらで犯人を絞り込み、最後の一押しを……」

「そもそもミス・アネットが犯人を知っているかどうかわからないわよ。見ていないかもしれないわ」

今後の相談をしようとする男性ふたりの会話にクレアが割り込むと、彼らは揃って目を丸くしてクレアを見た。

どういうことだ、と訴えかける視線にたじろぎながら、クレアは口を開く。

「だって、雨の夜だったでしょう。視界は悪いし、階段を転げ落ちているし、自分を突き落としたのが誰か、なんて見てる余裕ないと思うわ。見ていないものを答えることなんてできないでしょう」

「待て。待ってくれ」

声を上げたのはヘイリーだった。彼は情けなく眉尻を垂らして、困惑した顔でクレアを見つめている。

「幽霊っていうのは、自分を殺した犯人を知ってるものじゃないのか？　よくあるじゃないか、幽霊の復讐譚《たん》……」

「死んだからって万能になると思う？　彼らだって私たちと同じ、見聞きしてないことは知らないし、見聞きしたことは知ってるだけよ。もしかして、ミス・アネットに話を聞けば全部解決すると思ってた？」

男たちは沈黙する。それが何よりの肯定であり、同時にクレアはなぜ彼らが執拗《しつよう》に自分を仲間に引き入れようとしたかを悟った。

「何があったか、はわかるでしょうね。どうしてそこに行ったのか、どうして階段から落ちたのか。でも犯人そのものについてはどうかわからないわ」

「わかった、もういい。おれたちの認識が間違っていた、というわけだ」

そう言うデュランは盛大に顔をしかめていた。あてが外れた、とでかでかと書かれたような表情に、クレアは呆れると同時に申し訳なくなる。

彼らのように、幽霊が何でも知っていると思っている人たちは多い。そういった人たちが交霊会を開いては、まるで占いのように自分の未来や他人の秘密を霊に尋ねるのだ。

「少なくとも、事故か殺人かは絞れるんだからよしとしよう。結局のところ、そこが一番の問題なんだから」

デュランはそう考えを切り替えたようだった。クレアもまた、その言葉に頷く。

アネットは貞淑《ていしゅく》な令嬢だった。自分の意思でひとり出歩くようには思えず、そうなるとやはり誰かに誘い出されたと考えられる。誰がどんな意図を持って、どうやって彼女を誘い出したのかがわかれば、彼女の死の真相に近づける。

「今日のところは、これでお暇《いとま》するわ。何かわかったら連絡します。それでいい？」

「ああ、かまわない。こちらからも、また連絡する……というよりは、質問だな。幽霊に関してわからないことが多すぎる」

「見えないのだから仕方ないわ。紙にでもまとめてちょうだい、知っていることは答えるから」

クレアがため息交じりのデュランに笑ってみせれば、彼は小さく頷いて立ち上がった。

「馬車を呼ぶから、少し待っていてくれ。そこの戸棚にA&Aのビスケットがある。安い茶葉でよければ紅茶も淹《い》れよう」

「あら、嬉しい。私、A&A好きなの」

短いお茶会の誘いを受けて、クレアは破顔した。A&Aはリーヴァイにある焼き菓子店で、ホームメイドが主流になった今でもお茶会で使われるほどの老舗《しにせ》だ。シンプルなショートブレッドから秘伝のアプリコットジャムを挟んだジャムサンドビスケット、チョコチップをふんだんに生地に混ぜ込んだチョコチップクッキー等が定番の商品だ。クレアが特に気に入っているのは、砕いたアーモンドを練りこんだナッツクッキーだった。

デュランは玄関に向かい、ヘイリーが戸棚からビスケットの入った箱を取り出して皿に並べて置き場所の少ない机の上に置く。ビスケットをつまむうちに紅茶のポットとカップを携《たずさ》えたデュランが戻ってきて、安いなりに丁寧に淹れられた紅茶を楽しむ。存外に和《なご》やかな、風変わりな参加者のお茶会は、駄賃をもらった少年が辻馬車を呼んでくるまで続いた。

帰宅後、クレアは自室に引きこもり、ミセス・ペインから引き取った資料を広げた。ミセス・ペインを含めたメイドたちには、呼ぶまで来ないよう言い含めてある。誰にも邪魔されない状態で、クレアは資料を読み込んでいく。

「ケアリー卿……フィランダー伯爵令嬢アントニア……詩人のジョージ・アボット……まあ、よくもこんなに調べたものだわ」

リストの人数は二十名。そのうち七名がメイナード公やクレメンスのような正式な求婚者であり、五名が家格の違い等で正式に求婚できないにもかかわらず愛を乞うた不届き者、残りの八名はクレアを含めた同性の友人とされていた。正式に爵位を持った貴族ならば毎年刊行される紳士録を見ればだいたいのことはすぐに調べがつくだろうが、リストの中には貴族の子女のみならず、詩人や画家なんかの芸術家も名前を連ねていた。彼らのことを調べるなら、実際にどこかのサロンに忍び込んだり、行きつけの店に通ったりと、とにかく労力がかかるだろうことは、クレアにもわかった。

「本当に、アネット様の死の真相が知りたいんだわ」

並々ならぬ執念を感じさせる資料を前に、クレアは独り言《ご》ちる。

いくら金をもらって調べているとはいえ、この熱の入りようはただ事ではない。いったい何が彼をそうさせているのだろう。

「……今それは、気にしなくてもいいか」

ぱらぱらと資料を捲りながら、クレアはアネットに想いを馳《は》せた。すみれの花のように、謙虚で誠実だったアネット。なぜ彼女が死ななければならなかったのか。何が彼女の命を奪ったのか。知りたいことはたくさんある。デュランがそれを調べてくれるというのなら、クレアはそれに協力するだけだ。

文字を追う。文字を追う。ただひたすらに文字を追って、情報を仕入れていく。

そうしているうちに、日が暮れた。窓の外に星が輝き、涼やかな風が庭木を揺らしている。

そういえば、いつだったか、アネットと一緒に帰途についたことがあった。舞踏会の帰り、クレアとクレメンスを迎えに来たエイベル伯爵家の馬車の車輪が壊れてしまったのだ。代わりの馬車もすぐには来ない状況で、同乗を申し出てくれたのがアネットだった。

舞踏会が終わってもおしゃべりができるなんて嬉しい、とアネットは笑っていた。その頃にはすでにクレメンスと恋文を交わしあっていたから、おしゃべりの相手がクレアだけではないことは明らかだった。

それでも、嬉しかった。嬉しい、と言ってくれたことが嬉しかった。この時間が永遠に続けばいい、と思う程度には。

「……逃げていれば……」

あのまま、アネットとクレメンスを連れて、逃げていれば。ふたりを攫《さら》って、無理にでも一緒にさせておけば、もしかしたら、アネットは死なずにすんだのではないか。クレメンスとふたり、今も笑って暮らしていたのではないか。

「はぁ……」

クレアは資料を置いて、頭を抱えた。

無意味な「もしも」だと、自分でもわかっている。考えたところでやり直せるわけではないし、やり直したところでうまくいくとも限らない。あのふたりが道理にもとる方法で一緒になって幸せになれる人間ではないことを、他ならぬクレアが知っている。それでも思わずにはいられなかった。

どこかへ。ここではないどこかへ。陰謀と暗躍と嘲笑《ちょうしょう》ばかりが渦巻く煌《きら》びやかな世界以外の、穏やかで優しい場所へ。

何を犠牲にしてでも、攫って逃げてしまえばよかったのだ。たとえ、神に背いてでも。

二章　レディ・ファントムと彼女の秘密

　翌日、クレアは反対するミセス・ペインを振り切ってひとりでリーヴァイの中心部に出た。いつもはレースやリボンで飾る髪をひとつにまとめて背中に流し、兄が昔着ていた男物の衣服に袖《そで》を通している。布を巻いて胸や腰の丸みを誤魔化し、少しばかり化粧で顔を整えた今のクレアは、ちょっとすれ違ったくらいではどこかのお屋敷の従者のように見えるだろう。そのおかげで、先日のような不審者に絡まれることもない。

　馬車に揺られながら覚えた道筋とデュランに渡された名刺を頼りに歩いていけば、デュランの事務所兼自宅のテラスハウスが見えてきた。道順があっていたことにほっとしながら、クレアはデュランの部屋のドアノッカーに手を伸ばす。大家はよほど花が好きらしく、ノッカーにも薔薇《ばら》が巻きついた意匠が施されていた。その真鍮《しんちゅう》製の花びらを避けるようにしてノッカーを摑《つか》んで数度鳴らすが、部屋の中から応《こた》えはなかった。聞こえなかったのかもしれない、ともう一度、今度は先ほどより強く鳴らしてみる。しかし、結果は同じだった。

「出かけてるのかしら」

そもそも、約束も何もしていない。何かあれば手紙で、という話だったし、彼の稼業を考えれば一日家を空けることもざらにあるだろう。

来訪の書き置きだけは残しておこうと、クレアが訪問カードを取り出した時だった。

扉の向こうから、どたばたと慌《あわ》ただしい音が聞こえた。

驚いた猫が走り回っているような、そんな騒がしい物音と共に足音が近づいてくる。扉の前のクレアは、あの何事にも動じなさそうなデュランでもこんなふうに慌てることがあるのだと、感動じみた驚きを抱きながら、足音が扉前に到着するのを待った。

最後にガシャンと派手に何かを落とした音をさせて、足音の主はクレアを跳ね飛ばしかねない勢いで扉を開けた。

「すまない、非番で寝ていて。デュランに言われて来たんだよな。あいつ、なんて？」

扉の向こうから現れたのは、デュランではなくヘイリーだった。栗《くり》色の髪はぴょんぴょんと四方八方に跳ねて見事な鳥の巣頭を晒《さら》している。慌てて羽織ったらしいシャツはしわくちゃで、そのうえボタンを掛け違えている。ダメ押しとばかりに存在を主張する枕の痕《あと》のついた頰《ほお》を、クレアはぽかんと口を開けて見上げた。

思えば、兄のクレメンスと部屋を分けられたのはクレアが五つの時だった。ふたりの教育係でもあったミセス・ペインは身なりに厳しかったから、クレアはその頃から「衣服を着崩した異性」に会ったことがない。クレアの常識にはない非常事態を目の前に、クレアは完全に硬直した。

硬直したままなかなか言葉を発さないクレアに、ヘイリーは首をかしげた。少しだけ腰をかがめて、クレアの顔を覗《のぞ》き込む。

「大丈夫か？　何か体調でも……」

そう尋《たず》ねかけて、ヘイリーは言葉を途切れさせた。近づけていた顔を引っ込めて、ついでに一歩、玄関の内側に後ずさる。

「クレア……？」

恐る恐る、半ば呆然《ぼうぜん》と、ヘイリーがクレアの名前を呼んだ。

呼びかけられて、クレアははっと我に返った。ヘイリーから目を逸《そ》らしながら、クレアは首肯した。

直後、開いた時と同じ勢いで扉が閉まった。クレアの前からヘイリーの姿は消え、扉にはめ込まれた曇《くも》りガラスの向こうに、寝ぐせだらけの頭があるのがかろうじてわかる。

「ご、ごめん、クレア！　あいつ、デュランが出先で子どもに駄賃を渡してメッセンジャーにすることがよくあるんだ。それで、今回もそれだと思って。まさか淑女の前にこんなだらしない姿を晒すなんて、無作法を……」

クレアは一言も責めていないのに、ヘイリーは怒濤《どとう》の勢いで謝罪と言い訳を並べ立てる。フォスター家のメイドを手玉に取り、一度はクレアすら操ろうとしたくせに、妙な生真面目さを見せるヘイリーに、クレアは逆に落ち着きを取り戻した。

「ヘイリー、無作法はこちらが先よ。事前の約束もない訪問なんて、淑女にあるまじきことでしょう。だからあんまり、気にしないで」

放っておけばいつまでも謝罪を続けそうなヘイリーに、クレアはそう声をかけた。言外に、用事があって突然来たのだ、と含ませて。

しん、と扉の向こうが静かになり、しばらくして、幾分落ち着きを取り戻したらしいヘイリーの声が聞こえてきた。

「すまない、少しだけ待っていてくれ。身なりを整えて……ついでに、少し片付けをしてから迎えるから」

「わかった。ゆっくりでいいわ」

ありがとう、と言い置いて、ヘイリーは家の奥へと入っていったようだった。玄関前に残されて手持ち無沙汰《ぶさた》になったクレアは、花壇に咲くシュウメイギクに目を落とした。

小さな白い花弁が、風に吹かれて揺れている。雨の多いオルランドでは、湿気に弱い花はすぐに枯れてしまう。シュウメイギクは元々寒さや湿気に強い花ではあるが、各家の前に、これほどに美しく咲かせるには、相応の手間がかかっていることが想像に難くない。人待ちの暇を慰めるのに、充分な鑑賞物だった。

やがて、先ほどとは打って変わって、静かにドアが開いた。玄関のほうへ視線を戻すと、身なりを整えたヘイリーが気まずそうな笑みを浮かべて立っていた。

「お待たせ。それで、わざわざそんな格好をして、ひとりでここに来たのはなんで？　お茶でもしてくれる気になった？」

「今更軟派ぶっても遅いわよ」

気まずさを誤魔化そうとわざと軽口を叩くヘイリーに、クレアは肩をすくめてみせる。

「ちょっとパール広場で確かめたいことがあったから、ついでに寄ってみたの。でも、日を改めたほうがいいかしら。お休みだったんでしょう」

「男装の麗人《れいじん》と出かけるチャンスを逃せって？　冗談じゃない、お供するよ」

軽口の姿勢を崩そうとしないヘイリーは、ホールスタンドにかけていたコートを取り上げて、玄関から出てきた。過度に気障《きざ》ぶった態度はまだ彼が恥ずかしがっていることを表していて、クレアはくすりと笑った。

昼前のパール広場は、地元民や観光客をターゲットにした屋台がいくつか並ぶ。分厚く切った丸パンに野菜とハムを挟んだサンドイッチや、豆がたっぷり入ったスープ、芋《いも》と魚を油で揚げてソースを絡めたおかず、香辛料を入れて風味付けしたワイン、季節の果物のコンポート。食べ物の匂いが充満した広場に足を踏み入れたクレアとヘイリーの横を、どこかの工房の丁稚《でっち》らしき少年が、小銭の入った袋を握りしめて走り抜けていった。

「やっぱりこの時間は人が多いな。出直す?」

「ううん、大丈夫。人が多いほど、案外、変なことをしていてもバレないものだから」

人の合間を縫うようにして、クレアの先導でふたりは階段近くへと向かった。ちょうど昨日、クレアが立ち止まっていた場所だ。それに気づいたヘイリーの表情が険しくなった。

「もしかして、確かめたいことって……」

「今回は違う。ここにいる幽霊は、あの子ひとりじゃないの」

階段を背にした形で、クレアは広場を見回す。

血の通った、生きた人間に交じって、灰色のぼやけた輪郭《りんかく》を持つ人々が行きかっている。彼らの行動は様々だ。ただ噴水の縁に座っている者もいれば、子どもたちに交じって紙芝居を見ている者もいる。生前と同じように、あるいは生前よりも自由に、彼らはこの広場で振る舞っている。

クレアに倣《なら》って広場を振り仰いだヘイリーは、ねえ、ともう一度クレアに声をかけた。

「ここって、そんなに幽霊が多いの？　俺にはなんにもわからないんだけど……」

「いっぱいいるわよ。あなたの横にも」

「えっ」

自分のすぐ右隣を指さされて、ヘイリーはびくりと飛び上がる。

ヘイリーのすぐ横では、継ぎを当てた薄い粗末なワンピースを着た少女が、腕に提《さ》げた花かごから花を取り出しては道行く人に差し出している。当然、生者には死者である少女の姿は見えない。差し出した花も、少女自身さえも突き抜けて、生者たちは自分の道を急ぐ。それでも彼女は懸命に花を売ろうとしていた。祈るように、花を差し出し続けている。

「十歳くらいかな……ブルネットの、痩《や》せた女の子。花かごを持ってる」

「花売りか……最近は減ってきたんだけどなあ……」

身寄りのない孤児や、貧しい女がなんとか生計を立てようと始めることが多いのが、花売りだ。花は野に出れば摘んでくることができるし、パール広場は観光客が多く、旅の戯《たわむ》れで買っていく人も多い。だが、そうして花売りが増えれば増えるほど、ひとりひとりの稼ぎは減っていく。結果として、思うように花が売れず、体を悪くして商売に出ることもできなくなり、そのまま息を引き取る花売りも存在する。少女も、そうして命を落とした花売りのひとりだったのだろう。

ヘイリーは、痛ましそうにクレアが指さした、花売りの少女が立つ場所を見つめている。ローレルスクエアの業務のひとつに、治安の維持がある。身元不明、あるいは家族が葬式に出せない遺体を教会の集合墓地に移送するのも、彼らの仕事のひとつだ。ヘイリーも、そういった案件に携《たずさ》わったことがあるのだろう。

「何とかしてあげられないかな……ほら、よく、昇天させるとかって言うじゃないか」

「私は見えて話せるだけ。そういうのは教会の仕事」

「そんな」

すげなく首を横に振るクレアに、ヘイリーの眉尻が情けなく下がる。ずいぶんと花売りの少女に同情しているようだった。

「でも、未練を晴らす方法は、わかる」

言いながら、クレアはコートのポケットからコインケースを取り出した。令嬢姿の時は持ち歩かないそれからレプタ銅貨を一枚抜き取って、花売りの少女に向き合う。

「私はあなたから花を買って、あなたにこのお金を渡す。これはあなたの稼ぎ。あなたのお金。わかった？」
銅貨を少女の手に握らせながら、クレアは少女の持つ花を受け取る。少女と同じように、灰色の輪郭を持つ花だ。春になれば、そこかしこで黄色い花びらを風に揺らして咲く、珍しくもなんともない花だ。
クレアが手渡した銅貨は少女の手をすり抜けて地面に落ちる。少女が手渡した花も、空気に溶けるようにして消えてしまった。しかし、クレアの目は転がる銅貨も、花の行方も追いはしない。ただ、嬉《うれ》しそうに握りこぶしを胸に当てて微笑《ほほえ》む少女を見つめている。
――ありがとう
少女の灰色の輪郭が、光の泡に包まれて少しずつ消えていく。柔《やわ》く微笑んでいた少女は、しかし急にその表情を曇らせた。
――地下《した》に、怖いのがいるよ
少女の急な言葉に、クレアは瞠目《どうもく》する。
――金髪《ブロンド》はみんな、連れてかれた。あなたも気をつけて
警告の言葉を残しながら、少女は光の中に消えてしまった。昼間の喧騒《けんそう》の中、ただひとりその場で起きたことを知っているクレアは、少女が先ほどまで佇《たたず》んでいた空間をただ呆然と見つめた。

「説得、できなかったのか？」

少女が消えたことがわからないヘイリーは、戸惑った様子のクレアにそう問いかける。

「ううん……ちゃんと、満足はしてくれたみたい」

死者がこの地に残るのは、多くは未練からだ。叶えたかった望み、続けたかった仕事、抱え続けた後悔。だから、それさえ解決してやれば、彼らは満足して去っていく。

そのことを説明しながら、クレアは足元に目を落とした。階段に合わせて、白い石畳《だたみ》が敷き詰められた広場。少女はその地下に、怖いものがいると言った。

パール広場の地下には、下水道がある。二代前の国王が、衛生状況改善のためにリーヴァイ中で大工事を行い、以来、整備や増設を繰り返しながら維持されている、大事な設備だ。

「前に言っていたことと矛盾《むじゅん》してない？　死者が全部知ってるわけじゃないって……なんでその子は、地下に何かいることを知ってるんだ？」

クレアから少女の言葉を聞いたヘイリーは、困惑したように眉根を寄せた。

「道を歩いてて、前から来る人が何だか怖そうに見えたことはない？」

「え？」

「同僚とか、上司とか、あんまり会話したことはないけど、なんとなく怖いって人、ひとりもいない？」

「い、いなくはないけど……」

否定も肯定もしきらないところが、なんだか彼らしかった。小さく笑うクレアに、ヘイリーは気まずそうにしている。

「それと同じ。あの子、花を買ってほしくてずっとここにいたんだもの。何か見たか、感じるものがあったのかもしれない」

「幽霊でも目撃者になれるんだな……」

どこか感じ入ったようにヘイリーは言って、実際の捜査でも、とか確実性と信憑《しんぴょう》性を、とかぶつぶつ呟《つぶや》いている。

地下に怖いものがいる。みんな連れていかれた。

少女の言葉は具体性に欠けていて、真相を掴むことができない。怖いものとは何なのか。みんなとは誰を指すのか。どこに連れていかれたというのか。

ふたり揃《そろ》って足元に視線を落とし、首をかしげる。下水道以外に、この下にあるものなど思いつかない。

「この真下は下水道のはずだけど……下水道にいる怖いもの？　ねずみとか？」

「あなた、ねずみが怖いの？」

少しばかりからかう色を見せたクレアに、ヘイリーは苦く笑った。

「こっちが生きてる間は怖くないさ。やつら、雑食性で……かじるから」

「あ……」

にごされた言葉で、クレアは自分の失言に気づいた。謝罪の言葉が浮かぶ前に、ヘイリーが革靴の先で石畳を蹴った。

「嫌なところだよ、下水道は。空気は淀《よど》んでるし、変なにおいはするし、壁も床もヌルヌルしてるし、足を滑らせたら下水の中に真っ逆さま。これが生ぬるくて、最悪なんだ。できたら俺は入りたくない。特に新しい靴をおろした日はね」

冗談めかして言って、ヘイリーはクレアに笑いかける。気にするな、と言っているようだった。

「下水道にはね、浮浪者や娼婦《しょうふ》くずれが集まるんだよ。雨風がしのげて、ねずみだって捕まえれば食料になる。石を投げてくる子どもだっていない。そうやって下水道で暮らしてる人たちが、リーヴァイには何人もいる。足の下、見えないところにいるから、気にするのは難しい」

石畳を見るヘイリーの顔は、クレアからはよく見えなかった。わざわざ覗き込むのも不躾《ぶしつけ》に思えて、クレアも同じように石畳に視線を落とすしかない。ただ、その抑揚のない声は確かに哀《あわ》れみと悲しみを含んでいるようにクレアには思えた。

「ただ、幽霊がねずみや浮浪者を怖がるかと言われると俺は納得できないなあ。連れてかれたってのもなんかおかしな話だし……クレア、そういうことできる？」

「場合によっては、そりゃ触れたり何か受け取ったりもできるけど、そういう時はだいたい幽霊のほうが触ってほしいから触れるの。生きてる人間や動物が幽霊をどうこうしてるのは見たことないわね」

「そうか。じゃあ、やっぱり同じ幽霊が下にいるのかな。あの子より強くて、恐怖を感じさせるようなやつ」

「縁もゆかりもない場所に出る幽霊なんて見たことがないから、たぶんパール広場に思い入れがある幽霊なんだと思う。でも、誰かまでは……」

石畳を睨《にら》みながら、ああでもない、こうでもないと推測の域を出ない議論を交わす。確たる情報がなくて、これだと思える結論にたどり着けない。ヘイリーと話し合いながら、クレアはそっと、大階段の様子を盗み見た。

大階段の下には、変わらずアネットが倒れている。踏みつけられ、蹴飛ばされ、それでもなお転がり落ちては地に伏せる。

いったいいつになったら、彼女は解放されるのだろう。自由に、自分の行きたいところに行って、思うがままに振る舞えるようになるのだろう。

灰色の輪郭を持つアネットをぼんやり見つめながら、クレアは彼女を想う。

クレメンスのそばにいるアネットはいつも幸せそうだった。アネットが彼に恋をしているのは火を見るよりも明らかで、ちょっとしたことで浮かれて喜んで、そんな彼女を見るのが好きだった。クレメンスを愛するように、クレアのことも愛してくれないかと夢想したこともあった。アネットが家族になる日が、待ち遠しかった。

過ぎ去った過去の話だ。もう叶うことのない未来の話。アネットを生き返らせる術《すべ》はないし、クレメンスはアネットに触れることもできない。死者となったアネットと交流できるのはクレアだけで、それがクレアにはひどくもどかしくて、苦しい。

クレアの視線の先で、ふいにアネットの灰色の輪郭が揺らいだ。これまでになかったことに、クレアは目を瞬《またた》かせる。

自分の死を理解するまで、死者は最期の行動を繰り返す。クレアはそう理解していたし、クレアの目に映る死者はみんなそうだった。

クレアは、もっとよく見ようと目を凝《こ》らした。アネットの身に何が起こっているのか、確かめようとした。そんなクレアの目の前で、石畳の隙間《すきま》から白い手がわき出した。

灰色の輪郭を持つ白い手は、死体にたかる蛆《うじ》のように次々と石畳から生まれ出ては、アネットの体を摑んだ。アネットの金髪が、桃色のドレスが、折れ曲がった細い腕が、白い手に覆《おお》い尽くされていく。

「——！」

上がりかけた悲鳴を、クレアは咄嗟《とっさ》に呑《の》み込んだ。

初めて見る光景だった。死者が、死者をどこかへ運ぼうとしている。強引に、力任せに、アネットをどこかへ引きずっていこうとする。

(何が、起こっているの……？)

理解できない。理解したくない。アネットの体が蛆に貪《むさぼ》られているように見える。蛆が彼女の体を食らい尽くして、消し去ってしまう。

ずるり。

耳のすぐそばで、濡れた布がこすれる音がした。

「クレア！」

肩を揺さぶられて、クレアははっと我に返った。

いつの間にか呼吸を止めていたらしい。自由を取り戻した肺が酸素を求めて激しく弛緩《しかん》と収縮を繰り返す。荒い息を吐きながら、クレアは隣に立つヘイリーを見上げた。彼は心配そうにクレアの顔を覗き込んで「真っ青だよ」と言った。

「ごめんなさい、大丈夫。ちょっと……おかしなものを見ただけ」

　言ったそばからくらりとめまいがして、たたらを踏む。酸欠に加えて、先ほど見たものの衝撃が抜けきっていないのは明らかだった。舌打ちしたい気分で、クレアは頭を振る。

「大丈夫には見えないけどな。いったい何が見えたの？」

「……ここで話すのは、ちょっと」

　周囲には人が多い。妙な出来事の会話が、誰の耳に入るともわからない。クレアがそれを嫌がると、ヘイリーはこくりと顎《あご》を引いた。

「わかった。少し行ったところに公園があるから、そこで話そう。なにか美味《おい》しいものでも食べながら、ね」

　ウィンクしながらそう言ったヘイリーに、笑みが漏《も》れる。了承すれば、ヘイリーはうきうきと屋台の食べ物を物色し始めた。サンドイッチもいい。スープもいい。果物だって新鮮で美味しいだろう。どれを買おうかヘイリーと相談しながら、クレアは再び大階段に視線を向けた。

　アネットはまた、階段の中腹あたりから転がり落ち、階段下に倒れこむ。もう見慣れてしまった、その姿。白い喉《のど》を晒したその体が、少しだけずれていることに、クレアは気づいた。階段の右手、下水道へと繫《つな》がる、排水溝のほうへ。

クレアは身を震わせ、総毛立った体をなだめようと自身の腕を抱く。確実に近づいてくる冬の気配が、突然濃厚になったようだった。

パール広場を出た二人は、ほど近い公園へと足を運んだ。ローレルスクエア広場には劣るものの、芝生が丁寧に手入れされた、居心地のよさそうな公園だ。いくつかあるベンチのひとつに並んで腰を下ろして、ヘイリーはクレアにサンドイッチの入った包みを差し出した。彼の腕には紙袋が抱えられていて、その中にはサンドイッチの他にチーズ、デザートにカットフルーツまで入っている。

「どうぞ、君の分」

「ありがとう。あの、お金を」

コインケースを取り出そうとするクレアを、ヘイリーが笑って制した。

「いいよ、これくらい。おごらせて」

「でも、悪いわ」

眉尻を下げるクレアを、ヘイリーは面白がるように笑った。

「デュランのほうがひっどいから、気にしなくっていいよ。飯おごるくらい日常茶飯事《さはんじ》だから」

話しながら、ヘイリーはサンドイッチの包みを開いた。甘辛いソースで味付けした薄切り肉とレタス、トマトを二枚のトーストで挟んだシンプルなサンドイッチだ。

ヘイリーがサンドイッチにかぶりつく横で、クレアも包みを開いた。焼けたパンと甘辛いソースの匂いが、食欲をそそる。

「俺、実は私生児なんだよね」

クレアがサンドイッチに口をつけた瞬間、ヘイリーがそんなことを言ったものだから、クレアはむせそうになってしまった。

なんとかサンドイッチを呑み込もうと必死に咀嚼《そしゃく》するクレアを面白そうに見つめながら、ヘイリーは言葉を続ける。

「母親は男爵家の娘でさ。男爵家っていっても、下級も下級の、大貴族の恩恵で何とか食いつないでるような家なんだけど。で、世話になってる大貴族の家に行儀見習いって名目で、そこのお嬢さんの付き添い役をやることになった。運悪くそこの跡取りは適当なやつで、家にいる家族以外の女なら誰にでもちょっかいを出すような男だった」

クレアがサンドイッチを呑み込んでも、口を挟む余裕はなかった。ぺらぺらと、まるで物語のあらすじでも読むようにヘイリーは自分の身の上を語る。

「そんな最悪野郎がしくじってできたのが俺。メイドなら自分とこの領民なわけだから黙《だま》らせることもできるけど、仮にも男爵令嬢ともなるとそうはいかない。でも今の婚約を反故《ほご》にして、力のない男爵令嬢を娶《めと》るわけにもいかない。哀《あわ》れ世間知らずの男爵令嬢は、世間に漏らさずにいれば結婚相手を都合してやるって約束だけもらって、実家に帰されることになったわけだ」

オルランド王国では、教会に両親や生まれた場所、洗礼名などを国民登録として届け出ることが決まりになっている。国民登録は教会に保管され、冠婚葬祭における身元の証明として使用される。この重要性に比例して、国民登録は厳格に様式が定められており、ひとつでも抜けがあると受理されない。

国民登録がなければ、オルランド国民とは認められない。同じように生まれ、育っても、国民登録のない者は多くの理不尽を呑み込まざるを得ないのが現状だ。

クレアは緊張した面持《おもも》ちで、笑顔のヘイリーを見つめる。

「ああ、そんな顔しなくて大丈夫だよ。俺は運がいいほう。母親の結婚相手……俺にとっては養父になるんだけど、その人がいい人でね。教会に実父として届け出てくれたんだよね。おかげでこうして警察にも入れたし、部屋も借りれてる。登録が遅れたから実年齢と記録されてる年齢が違うくらいで、特に不自由はないよ」

こわばったクレアの表情を和《なご》ませようとしてか、ヘイリーはことさらおどけたように言う。クレアはぱちぱちと目を瞬いて、首をかしげた。

「なぜ今、その話をしたの……？」

無登録者が、懇意の貴族を頼って国民登録を得ることはしばしばある。彼の母の生家であるという男爵家の力は小さいという話だったし、不埒《ふらち》ものの大貴族も彼のために動きはしないだろう。だからクレアの伯爵家の力を借りたい、という話に繋がるなら彼が身の上話をしたのも納得がいく。だが、そうではないという。ならばなぜヘイリーがクレアに秘密ともいえる話を聞かせたのか、クレアにはその意図がわからなかった。

にっ、とヘイリーが口の端を持ち上げた。

「クレアがなんか、話しづらいことを話したそうだったから。俺が先に自分の秘密を打ち明けとけば、話しやすくなるだろ」

なんともあっけなく、ヘイリーはそう言った。思いもしなかった理由に、クレアはぽかんと口を開けた。その間抜けな口に、ヘイリーがぽいと小さく切ったチーズを放り込んだ。口を閉じざるを得なくなったクレアは、チーズを咀嚼しながら楽し気なヘイリーを睨んだ。

「話すの、ちょっと緊張してたんだぜ。こんな話、自分からするの初めてだしさ」

「……とてもそんなふうには見えなかったけど」

「ほんと？　語り部の才能あったかな」

ヘイリーはにこにこ笑っている。チーズを呑み込んだクレアはその姿にため息をつき、自分の爪先《つまさき》に視線を落とした。

「私に兄がいるのは、知ってるわよね」

「うん。双子だろ？」

デュランが作った資料に載っているのだから、ヘイリーが知らないはずもない。彼の前でも、何度も兄の話はしている。する必要もない確認をしたのは、話を切り出すきっかけがほしかったからだった。

「そう、双子。双子だからなのか、不思議な力があるからなのかわからないけど、私とクレムは繋がってる」

「繋がってる……？」

今度は、ヘイリーが困惑する番だった。クレアの言葉をオウム返しに呟いて、首をかしげる。

「意識のずっとずっと深いところ……おなかの奥、地面の下、そんなイメージ。私とクレムの間には、一本の道がある。クレムが習った経済学の理念を私が知っていたこともあるし、私が習ったレース編みのパターンをクレムが知っていたこともあった。クレムが好きなものは私も好きだったし、私が嫌いなものはクレムも嫌いだった。そんなふうに、私たちは知識と感情を共有してる。生まれてから今まで、ずっと」

フォスター家の双子にとって、自分が知らないことでも、片割れが知っているなら自分の知識も同然だった。意識の深淵《しんえん》で、双子はありとあらゆるものを共有してきた。それが役に立ったこともあれば、仇《あだ》になったこともあった。今回の場合は、クレアにとっては仇だった。

「私が、クレムに紹介したの。あの子なら、人嫌いのクレムでも仲良くなれるんじゃないかって思って……あの子、本当に可愛《かわい》くって、優しくって、柔らかくって、なにより理性的で誠実な子だったから。私たち、そういう子に初めて会った。こういう人間もいるんだってびっくりしたの、覚えてる。あの子、驚くくらい早く、クレムの心に飛び込んできた」

当然それは、クレアにも共有される。人間嫌いの兄が恋心を抱いたことに驚きながら、クレアはその恋を応援した。アネットの付き添い役を引きつけてふたりで話す場を作ったり、アネットへのプレゼント選びを手伝ったり、協力は惜しまなかった。そうしてふたりの親密さが増すにつれ、クレメンスの抱く恋心も大きくなっていった。

「私も、あの子とどんどん仲良くなって……そうしてるうちに、わからなくなった」

「……君か、兄上か、ってこと？」

「そう。あの子を愛《いと》しいと思うこの感情が、私自身のものなのか、クレムのものなのか、わからなくなっちゃった」

クレアは一口かじっただけのサンドイッチに視線を落とした。歯形のついた断面から、赤いトマトと緑のレタスが瑞々《みずみず》しく顔を覗かせている。ソースがあふれて、包み紙を汚した。

アネットに幸せになってほしい。お砂糖とスパイスと、素敵なものに囲まれた人生を送ってほしい。それを他でもないクレア自身の手で与えられることができたなら、どんなに幸せだろう。

そして、そう考えている自分に愕然《がくぜん》とした。

いつもと同じように、クレメンスと感情を共有しているだけかもしれない。彼の内であまりにも大きくなったものだから、それに影響されただけかもしれない。しかし、そう否定するにはクレアを突き動かす感情は大きく、ただの友情というには特殊に思えた。

サンドイッチを見つめたまま、クレアは沈黙する。

言ってしまった、という後悔と、やっと言えた、という安堵《あんど》が同時にクレアの中で渦巻いていた。ずっとひとりで抱えてきた想いだった。誰かに打ちあけることもできず、しかし捨てることもできなかった。ずっと誰かに聞いてほしくて、誰かに否定してほしかった。

「どっちのものでも、いいんじゃないかなぁ」

うつむくクレアの頭上から、そんなのんきな声が降ってきた。そろそろと顔を上げ、ヘイリーを仰ぎ見れば、彼は柔らかい笑みを浮かべている。

「どっちでもいいって……」

「君のそれが君のものでも兄上のものでも、友情でも恋でも、愛には変わりないでしょ。誰に迷惑をかけてるわけでもない。どっちでもいいんだよ」

ヘイリーの、心が広いとも、他人事《ひとごと》ともいえる物言いに、クレアはあっけにとられる。まさか、一世一代とも思える告白に、こんなにもあっさりとした反応をされるとは思ってもみなかった。

「君はアネット嬢を愛してた。それは彼女を傷つけなかった。それがすべてで、他のことは関係ない。それじゃあ納得できない？」

そう言うヘイリーは、大きく口を開けて自分のサンドイッチをかじった。あっという間に食べ終わったサンドイッチの包み紙をくしゃくしゃに丸めて、紙袋の中に無造作に放り込む。彼に促《うなが》されて、クレアもサンドイッチに再び口をつけた。甘辛いソースは少し濃かったが、ぼんやりした頭にはちょうどよかった。

クレアがちまちまサンドイッチを食べる間、手持ち無沙汰になったヘイリーは軽食用のチーズをつまんでいた。

「自分の感情に、名前がつけられないの」

最後の一口を呑み込んで、空になった包み紙を折りたたむ。クレアが手の中に収めたそれをヘイリーが抜き取って、紙袋の中に入れた。代わりに、カットフルーツを渡される。厚紙で作った箱の中に、りんごやオレンジが小さくカットされた状態で入っているそれは、サンドイッチの屋台の店主が勧めてきたものだった。それに小さくお礼を言うと、ヘイリーは優しく笑った。

兄といくら繋がっている感覚があっても、今までは自分の感情と兄の感情の区別くらいついていた。それに影響されて揺り動かされることはあっても、感情の源《みなもと》がどちらのものか、なんて、考えなくてもわかっていた。それなのに、アネットへの感情だけは糸が絡まるように煩雑《はんざつ》としている。

「それがなんだか気持ち悪くて、不安で仕方がない。自分のことなのに、自分じゃないみたい」

「それじゃあ、君はもう気が済むまで悩むしかない。君が気に入る答えを見つけるまで」

「気に入る？」

ヘイリーの言葉に引っ掛かりを感じて、彼の言葉を繰り返した。ヘイリーはひとつ頷いて、クレアの目をまっすぐ見つめた。

「そう。どっちでもいいって思えないなら、君がその感情に名前をつけてやればいい。恋でも友情でも、気に入ったほうを」

「それがわからないから、悩んで……」

「違う、違う。今君が悩んでいるのは、一般的にどう見えるかってこと。俺が言ってるのは、誰がどう言おうとこうなんだって自分で決めちゃえって意味。自分の感情なんて結局自分以外にはわかんないんだから。他人を傷つけないなら、好きにしちゃっていいんだよ」

　ヘイリーの言っていることが、わかるような、わからないような、複雑な気持ちで、クレアは困惑したままヘイリーを見上げた。彼もクレアが理解しきってないことがわかっているようで、しかしこれ以上うまい言い方も見つけられないのか、困ったように眉尻を下げている。

「ごめんね、話させたのに、うまく助言をあげられなくて」

「ううん、ありがとう。こんな話を聞いてくれて」

　少なくともひとり、悩んでいることを知っている人がいる。笑い飛ばすでも、貶《けな》すでもなく、今までクレアが見ていたのとは別方向の出口を示してくれた。クレアがそこにたどり着けるかはわからないが、親身になってくれたのは確かだった。

「どういたしまして。また何か吐き出したくなったら言ってね。どんな話でも、デュランに比べたら可愛いもんだ。今までのあいつの無茶ぶり、聞く？」

「喜んで」

そう言って、ヘイリーは笑う。クレアの気分を軽くするための軽口なのはわかりきっていて、クレアもそれに甘えて笑った。

「何から話そうか。やっぱり鉄板なのはガキの頃かな。まだ八つとかそこらの時……」

「楽しそうだな、お前たち」

心なしかうきうきした様子のヘイリーが話し始めようとした時、底冷えするような、凍《い》てついた声が頭上から降ってきた。内緒話をするように前かがみになっていた視界に、磨かれた革靴とステッキの先が入る。その声に、クレアの口の端がひきつった。

そろそろと、様子見をするように視線を上げると、全身から不機嫌なオーラを立ち昇らせたデュランが、クレアたちの座るベンチの前で仁王立ちしていた。

「おかえり、デュラン。その感じじゃ、空振りだったみたいだな」

凍りつくクレアの横で、ヘイリーは笑みを浮かべる。笑って誤魔化そうとするヘイリーの姿勢に鼻を鳴らしたデュランは、いらいらした様子でステッキの先で地面を叩いた。

「辞職したメイドなら、と思ったんだが、存外口が堅かった。どこかのメイドは微笑みかけただけでいろいろ教えてくれたんだがな」

「ちょっと、なんで急に嫌味を言われなきゃ……やだ、無理やり座ろうとしないでよ！」

本来ふたり掛けのベンチに、デュランはクレアをヘイリーのほうへ押しのけるようにして自分の座る場所を確保した。それなりに体格のいい男ふたりに挟まれる形になったクレアは、その狭さから盛大に顔をしかめて嫌がるが、デュランは素知らぬ顔でふんぞり返っている。

肩を怒らせて威嚇《いかく》するクレアと、それを無視するデュランに、ヘイリーは苦笑して少しだけ外側にずれた。そうしてできた余裕に、クレアはありがたく身をゆだねる。

「ごめんね、デュランに悪気はないから……」

「悪気がなければすべて許されるわけじゃないでしょ」

ヘイリーはデュランを庇《かば》おうとするが、クレアはデュランを睨みつけている。手を組むと決めたものの、どうにもクレアはデュランの傍若無人《ぼうじゃくぶじん》な態度に腹が立って仕方がない。

文句のひとつやふたつ言ってやろうと口を開きかけたクレアを遮《さえぎ》るように、デュランは無言で手のひらを上に向け、ヘイリーに突きつける。無言のデュランの行動の意味がクレアにはわからなかったが、ヘイリーが無言のままその手の上にチーズを五つほど乗せてやったものだから、呆《あき》れかえってため息をついた。

「おなかすいた、くらい声に出して言えばいいのに」

「君、あのメイドを解雇したのか」

　クレアの言葉を無視したデュランの問いかけに、一瞬クレアは口をつぐむ。淡々とした

デュランの言葉は、逆にクレアの罪悪感を刺激する。

「……した。主《あるじ》の動向を漏らすメイドなんて、うちには置いておけないから」

「着の身着のまま？」

「まさか！　これまでの給料も退職金も、実家に戻るまでの旅費も渡した。事情はうまく誤魔化してあげるから家に戻れって、そう言いつけたわよ」

　烈火のごとく怒るミセス・ペインを宥《なだ》めて、荷物をまとめる時間とまとまったお金を準備してやったのはつい昨日のことだ。

　なぜデュランがそんなことを聞いてくるのかわからなくて、クレアは説明を求めるつもりでヘイリーを見た。だが、ヘイリーも首をかしげている。

　チーズの欠片《かけら》を咀嚼し、呑み込んだデュランは、そうか、と小さく呟く。

「彼女、こっちに恋人でもいるのか？　さっき、大通りにいるのを見たぞ」

「ええ？　そんな話は聞いてないけど……」

クレアは狼狽《ろうばい》して、眉根を寄せた。次からはちゃんとするから、とまるで命乞いするかのようにクレアに縋《すが》ったメイドを、クレアは確かに屋敷から追い出した。恨めしそうに何度も振り返っていたが、彼女の口から屋敷に留まりたい理由として、恋人の存在が出たことはなかった。

だが、いくら彼女が泣きわめいても、クレアは同じ処断を下しただろう。噂《うわさ》でさんざん苦労させられたクレアやエイベル伯爵家にとって、口の軽い家人ほど遠ざけたいものはない。屋敷内で見たこと、聞いたこと、遭遇したことを他言しない、という厳命を一度でも破れば、地位に関係なく解雇することになっている。

「色恋沙汰から遠い主人に振る話題としては憚《はばか》られるだろう」

「うるさいな。別にいいでしょう、オールドメイドでも」

「よくないだろう、貴族としては」

クレアの言葉を混ぜ返すばかりのデュランに、クレアはかっと顔を赤くした。

「貴族にもいろいろあるの！　それよりもマーサの話よ。あの子、まだリーヴァイにいるの？　それ、確かにあの子だった？」

「彼女、マーサっていうのか」

「口説いたくせに知らないの⁉」

　焦るクレアと対照的に、デュランはもぐもぐとチーズを食べ続けている。よほど腹が減っているのか、また無言でヘイリーに手を突き出して、チーズのお代わりまで要求してみせた。クレアに睨みつけられて、デュランはチーズを口に運びながら肩をすくめた。

「名前なんか知らなくても口説ける。美しい金髪のレディ、どうか途方にくれた哀れな男に救いの手を」

「再現しなくていいっ！　口から出まかせで適当なことを言うんじゃないわよ！」

「失礼な、おれは事実しか言ってない。エイベル領は美しい金の髪を持つ者が多いだろう。君の髪も金をそのまま溶かしたような美しさだ。今日は帽子で隠れているのが惜しいな」

　真正面から切り込むような誉め言葉に、クレアは一瞬言葉に詰まる。いつも何を考えているのかわからない仏頂面《ぶっちょうづら》のくせに、こういう時は本心からそう言っているように見えるのだから、美形はたちが悪い。

「クレア、デュランのペースに巻き込まれちゃだめだ。そいつ、今、何も考えずに発言してるよ」

「一番相手にしたくないやつじゃないの……！」

「……おれのいない間に、ずいぶん仲良くなったじゃないか」

　チーズをまたひとつ口に放り込んだデュランは、ため息をひとつついて左手の大通りを指さした。クレアとヘイリーが、先ほどパール広場からこの公園に入るために通った道だ。

「おれが見たのは、ちょうどあの赤い屋根の家から追い出されるところだ。働き口を探して突撃したふうだったな。元々は貴族に仕えてたんだなんだと騒いでいた。手ぶらだったから、もらった金でどこかに宿を取ってるんじゃないか」

デュランの言葉に、クレアは天を仰ぐ。デュランが指さしたのは、中流階級、工場や商会の経営者の屋敷が多く軒《のき》を連ねている区域だ。彼らは日々の生活や、会社での雑務を任せるために、メイドを何人か雇っている。おそらくマーサは、首都に留まりたい一心でその職を探しているのだろう。

「オフシーズンに解雇されたメイドなんか、雇うはずないじゃないの……！」

舞踏会にお茶会に、何かと人手を増やす社交シーズンが終わって久しい。オフシーズンの頭ならまだしも、この時期に、紹介状も貰《もら》えずに解雇されたメイドなんて、何か問題があると考えるのが普通だ。勤務態度が悪いか、素行が悪いか、そもそも貴族の家に本当に雇われていたのか、身元がはっきりしない以上、まっとうな人間なら雇い入れはしないだろう。

「おれに簡単に引っ掛かったことといい、どうも世間知らずな感じがするな。客の対応を任せてたなら、それなりに使えるメイドだったんだろう？」

彼女が解雇された直接の理由になったくせに、デュランは悪びれるふうもなく言い放つ。おそらく本当に悪いと思っていないのだろうことは、クレアにもわかった。

「器用なのよ。見目もいいし、細かいところにもよく気がつくし。……少し、夢見がちなところはあったみたいだけど」

いつか上流階級の紳士と素敵な恋をするのだ、と同僚のメイドに語っていたのは、クレアも知っていた。クレアにくっついてリーヴァイに出てきたのも、都会で洗練された男性に見初《みそ》められたかったからだ。その結果として、顔がよくて口がうまい男に引っ掛かって解雇されてしまったわけだが、彼女はまだ諦《あきら》めていないらしい。その不屈の乙女心に賛辞を贈るべきか、呆れるべきか、はたまた彼女を騙《だま》した男たちと親しくなった自分を軽蔑《けいべつ》するべきか迷って、クレアは大きくため息を吐き出した。

「もうお父さまに家に帰すって手紙を出したのに……牧師さまになんて言おう。また言い訳を考えなきゃ」

郵便局員は、翌日の夕方配達になると言っていた。もうあと二時間もしたら、手紙は父の書斎に届けられるだろう。阻止する手段がないわけではなかったが、代わりにクレアのリーヴァイでの平穏は吹き飛ぶことになる。それだけは回避したかった。

「牧師に何を話すことがあるんだ。メイドひとり解雇するのにも口を出してくるのか、あいつら」

　ぶつぶつと文句を言うクレアに、教会嫌いを隠そうともしないデュランが嚙《か》みついてくる。彼がなぜそんなにも教会を目の仇《かたき》にするのか、クレアにはわからなかった。聖職者の中には、自身の身分を笠に着て必要以上に敬《うやま》われようとする人間もいるから、もしかしたらそういった輩《やから》とトラブルになったことがあるのかもしれない。デュランの性格を考えれば、容易に陥《おちい》りそうな状況だ。

「マーサはうちの主任牧師さまの娘なの。私たち、ずっと牧師さまにお世話になってるから、そう軽くも扱えないの」

「いったいどれだけ大層な世話をされてるっていうんだ。やつら、適当に相槌《あいづち》を打って、ありがたい聖典の御言葉を引用して、煙《けむ》に巻いて終わりじゃないか」

　デュランが吐き捨てる言葉は攻撃的で、クレアは思わず周囲を見回した。万が一、今のデュランの言葉を誰かが聞いていて、教会に告げ口でもされようものなら、一緒にいるクレアやヘイリーまで教会に目を付けられる。そうなれば、オルランド王国内での生きづらさは格段に跳ねあがるだろう。しかし、そんなクレアの行動すら、デュランは鼻で笑ってみせた。

「小心者」

「あなたが無頓着《むとんちゃく》なだけよ！」

　隙あらばクレアを煽《あお》ろうとするデュランに噛みつき、クレアはため息をつく。

「うちの牧師さまはあなたが思っているような人じゃないわ。私たち信徒の話をきちんと聞いて、慈善活動にも積極的で、いつも楽しそうに笑ってらっしゃる、そんな方よ」

「でも邪心はある。君は、アネット嬢と同じようにはその牧師さまとやらに接していない。違うか？」

「ち、違わないけど……でも、彼女みたいな人間がそう多くいるわけないでしょ。幽霊が見えるだなんて、そんな話、聖職者ならなおさら忌避《きひ》して当然だし」

　地上に留まる幽霊の存在を、教会は基本的に否定している。葬儀の後、死者は速やかに天の御使いに伴《ともな》われて神の御前へと召され、天の裁判官の判決で天の御国へ招かれるか、地の底へ落とされるかが決まる。地上を彷徨《さまよ》うのは、教会で葬儀を挙げてもらえない異端者か、天の御国からも地の底からも拒絶された厄介者《やっかい》者だけだ。クレアの目に映る世界を、教会は決して肯定しない。それは教会の語る教義に反するからだ。

　クレアたちエイベル伯爵家が懇意にしている自領の牧師は、己の秘密を打ち明けた双子にこんこんと言って聞かせた。絶対にそのことを他の聖職者に漏らしてはいけない。信徒にも知られてはいけない。誰に聞かれても誤魔化して、教会の教えに逆らうようなことを言ってはいけない。明らかに動揺し、骨を砕かんばかりの力強さでクレアたちの肩を摑んでいた牧師の目を、クレアは忘れられない。あれは、信仰心と領主家族への敬慕、そして人ならざる力を持つ双子への恐怖に揺さぶられた、狂気の目だった。

クレアの言葉は、デュランの嘲笑《ちょうしょう》をさらに深いものにしただけだった。口の片端を皮肉げにあげて、デュランは長い脚《あし》を組む。必要以上にリラックスしたように見せる姿勢は、自身の余裕をクレアに見せつけるために違いなかった。

「事実として存在するものを忌避してどうする。そんなだから、国主が変わるたびに教会内で派閥《はばつ》争いをする羽目になる。だいたいその牧師、図々しいにもほどがある。牧師の娘なら、教師なりなんなり、いくらでも選択肢《し》があるはずだ。君、いいように使われてるのがわからないのか？　わざわざ領主の娘のメイドにさせるなんて、俗物としか……」

嫌悪感たっぷりに、滔々《とうとう》と悪口を言っていたデュランが、不意に黙り込む。組んでいた足を解いて座り直し、何か考えるようにして顎に手を当てて、じいっと自分の靴の爪先に視線を落としている。

デュランのおかしな行動に、クレアとヘイリーは顔を見合わせた。デュランと同じように、彼の爪先を見つめてみるが、手入れの行き届いた革靴は陽光に照らされてつやつやと輝くばかりで、何も映してはいない。

「……君、その牧師にはっきり言ったのか？　幽霊が見えると？　君の母君や、父君も、そういった類《たぐい》の相談を牧師にするのか？」

「な、なに、急に。訳がわからない」

「いいから答えろ。兄君もか？　何でもかんでも話すのか」

ぎらりとデュランの榛《はしばみ》色の瞳が剣呑《けんのん》に光る。その眼光にたじろいだクレアは、思わず頷いた。

「さすがに何でもかんでもってわけじゃないと思うけど、大体のことは。両親も、時々相談に行ってるみたいだし」

牧師とは、ただ教会を管理し、礼拝を行うだけの聖職者ではない。担当する教区の信徒たちを取りまとめ、彼らが迷える子羊として嵐の中に出て行かないよう、導く役目を負っている。だから、他人には言えない悩み事も、牧師にだけは相談できる。彼らはすべてをご存じである神のしもべであり、奉仕と慈悲の精神によって行動する存在だからだ。

「そうか……そうか、それだ。それが突破口だ、やった。よし、よし」

今までほとんど変わることがなかったデュランの顔に、喜色が広がる。何が突破口なのかわからないクレアは、疑問符を頭に浮かべるしかない。

「クレアは用心深かった。こちらの意図がわかるまで、はっきり幽霊が見えるととれる言動はとらなかった。だが、牧師に対してはすべてをさらけ出している。それはなぜだ？牧師が、聖職者としての職務を全《まっと》うすると信じているからだ。自分の秘密を、不用意に他者に漏らすことはないと思い込んでいるからだ」

「思い込んでるって、そういう決まり事なんだもの。そう思うのは当然……」

「そうだ。おれやヘイリーにはその発想がない。敬虔《けいけん》な信徒だけが持っている考えなんだ、それは」

反発するクレアの言葉に、デュランはそれが証拠だと言わんばかりに肯定する。反論のつもりで口にした言葉を肯定されて、クレアは戸惑いつつヘイリーの顔を見る。彼は、気まずそうな苦笑いでそれに応えた。

「おい、俺まで不信心者扱いしないでくれ。クレアに引かれるだろ」

「家を出てから一度も礼拝に出てないくせに信徒ぶるな。お前、聖典の一節を諳《そら》んじることもできないだろう。クレアの前だからって格好つけようとするな、軟派男」

たしなめるヘイリーをぴしゃりと冷たくはねのけて、デュランは冷笑を唇に浮かべる。

「お前ね、そういう物言いをするなって昔から」

「悪いが軟派男に構っている暇はなくなった。また連絡する」

言いたいことを言うだけ言って、デュランはさっさとその長い脚を駆使して小言を続けようとするヘイリーから逃げ出す。どんどん小さくなっていく背中を呆然と見送りながら、クレアは肩に入っていた力を抜いた。

「なんだったの？　今の」

つむじ風のような出来事だった。突然現れて、引っかき回して、去っていく。こちらの様子を一切慮《おもんぱか》ることがないところなど、まさしく自然災害そのものだ。

「あいつも、あれで焦ってるみたいなんだよね」

ため息交じりに呟かれた、およそデュランを形容するにふさわしいとは思えない言葉に、クレアは目を丸くした。

「焦ってる？　デュランが？」

「そ。クレアも見たろ、あいつの作った資料。あそこに載ってる全員、当日のアリバイがあるんだよ。怪しい人間は全員調べたはずなのに、誰も網に引っ掛からない。それでイライラして、いつもより焦って調査してる」

「本人のアリバイなんか、あてにならないわよ。人を雇ったのかも」

「その線も調べたさ。変な時期に解雇された使用人やら、怪しい場所に出入りした形跡やら、そんなものがないか。結果は真っ白。それぞれ後ろ暗いところはあったけど、どれも決め手に欠けるんだよね」

「後ろ暗いところって……」

「多額の借金、秘密の恋人、幽霊が見える目」

借金や秘密の恋人と自分の目が同列に並べられたことに、クレアはむっと唇を尖らせる。

ヘイリーはクレアの非難の視線を悪戯《いたずら》っ子のような笑みでかわして、言葉を続けた。

「怪しい人間はいるのに、誰もあの日彼女を屋敷の外に誘い出すような真似はしてない。調べれば調べるほど、それが確かなことになっていくんだ。だから今は少し視点を変えて、彼女の実家のほうを調べてる」

「はぁ……!?」

思わずクレアの口から困惑の悲鳴が飛び出た。公園内にいる何人かが、その声に反応してクレアの様子をちらちらと気にしている。先ほどからデュランを交えて騒いでいたのだから、利用者が気にするのも当然だろう。それを気恥ずかしく思いながら、クレアは居住まいを正し、今更声を潜めた。

「家って……なぜ？　デュランに調査を依頼してるんだから、必要ないでしょ」

「何か俺たちに伏せている情報がある、意図的に黙っているって言うんだよね。俺にはあの人にそんな余裕なさそうに見えたんだけど、あいつ、そういうの敏感だから」

ヘイリーは、どこか呆れたような表情で肩をすくめる。

「あいつ、今日は過去にあの家に雇われてたメイドを訪ねてたんだよ。たぶんこれから、地元の教会に行くつもりなんだろ。君みたいな子でさえ自分とこの牧師には洗いざらい喋《しゃべ》ってるんだ。敬虔な信徒だったあの子なら、なおさら自分の秘密を喋ってる可能性が高い」

「牧師さまが、そう簡単に信徒のことをぺらぺら教えてくれるわけないじゃない。無駄足よ」

「クレア、教会っていうのは案外俗物の集まりだよ。君だって、やろうと思えば俺の実年齢と国民登録の年齢を一致させられる。そうだろう？」

彼の身の上話を聞いた時に一番に頭によぎったことを指摘されて、クレアは反論の言葉を失くす。代わりにぎゅっと膝《ひざ》の上で強く拳《こぶし》を握った。牧師の沈黙を無条件で信じている自分が、デュランやヘイリーに比べてずいぶん子どもじみているように思えて、みじめな気持ちだった。

そんなクレアに、ヘイリーは優しく声をかける。

「そろそろ屋敷に帰ったほうがいい。ばあやさんも心配してるんじゃないかな」

まだ、昨日助けを求めに来た女を見つけていない。日も高い。わざわざひとりで出かけた目的の、半分しか達成できていない。アネットを引きずった白い手についても、何もわからない。けれど、自分の世間知らずを指摘されて落ち込んで、他人に慰められる自身の子どもっぽさに、クレアは耐えきれない。

「……うん。マーサのことも、相談しなきゃいけないし」

「送るよ。大通りに出れば、馬車も捕まえられる」

ひとりで帰れる、と言い張る気にもなれなくて、クレアは大人しく頷いた。ベンチから立ち上がろうとしたその時、すいと目の前に差し出されたヘイリーの手を、ほとんど条件反射で握ってしまう。クレアを支えるその手は、大きくて硬い、大人の男性の手だった。

「…………ん？」

突然、ヘイリーがクレアの背後を見て首をかしげた。何かあったのかとクレアが振り向くと、去っていったはずのデュランが戻ってきているのが見えた。猛然と迫ってくるデュランの勢いはクレアをたじろがせるのに十分だったが、デュランはお構いなしにクレアの腕を強く摑んだ。

「えっ？　ちょっと、何？」

「君がいたほうが話が早い。準備しろ」

「えっ、えっ。何が？　何を？」

「いいから早くしろ」

戸惑い、抵抗するクレアを、デュランは無理やり引きずっていく。当然力で敵《かな》うはずのないクレアは、助けを求めてヘイリーを仰ぎ見たが、ヘイリーは苦笑して軽やかに手を振った。

「諦めて、頑張って。応援してるよ！」

「そんな！」

「騒ぐな、人が見てる」

ヘイリーに見捨てられたクレアは、散歩を嫌がる犬のように引きずられて、公園を出ていく羽目になったのだった。


クレアはあれよあれよという間に自宅まで引きずられ、なぜかデュラン主導のもとで着替えと一泊分の用意をさせられ、国の北部へ向かう汽車へと押し込まれた。

「信じられない！　最低よ、あなた！」

何とか切符を買えた一等車のコンパートメントで、クレアは瞳に涙さえ浮かべてデュランを睨みつけた。その対面に座ったデュランは、ちょっと眉を持ち上げただけで、少しもクレアの罵倒《ばとう》が響いていない。規則的に揺れる汽車は、すでにリーヴァイ駅から遠ざかり、次の駅へと向かっている。すべての乗客がコンパートメントに収まった今、クレアが多少騒いだところで聞きとがめる人はいなかった。

「諦めろ。こうなった以上、おれを従者だとでも思ってやりすごせ」

「ふざけないでよ！　こんなこと、お母さまに知れたら……！」

「じゃあどうする、コンパートメントから出て引き返すか？　ひとりで切符も買えないのに」

必死にわめきたてた言葉を簡単に切り返されて、クレアはぐっと言葉に詰まった。

クレアは切符の買い方を知らない。戻るためのホームすらわからない。この汽車の車《しゃ》掌《しょう》や駅員に助けを求めればよいのだろうが、それには事情の説明がいる。侍女とはぐれたと言い訳しても、どこからどう噂が広まるかわからない。

デュランは、クレアが噂を恐れていることを知っている。クレアが自分から騒ぎを起こすわけがないとわかっていて、それでこんなに強気なのだ。

「本当に、最低……！」

座席に深く座り直して、クレアは少しでもデュランから距離を取ろうとした。

未婚の女性が、男性と密室でふたりきりになることは絶対的なタブーだ。親密な関係であると勘《かん》繰《ぐ》られても何も文句が言えない。クレアは傷物として扱われ、ふしだらな女だという悪評を立てられる。そうなりかねない未来にクレアの胃がキリキリと痛んだ。ただでさえ注目される立場にいるのに、もっと悪い立場に移動してどうするのか。

しかし、デュランはそんな社会常識など毛ほども気にしていないようだった。何をするでもなく、ステッキの持ち手を弄《もてあそ》んでいる。

「いったいどういうつもりなの？　私がいたほうがいいって、いったい私に何をさせるつもりなの」

デュランはくっと片眉を上げて、小馬鹿《こばか》にしたような顔でクレアを見た。

「君、意外と頭が悪いな」

「余計なお世話よ！」

表情のみならず言葉にまで出して馬鹿にしてくるデュランに、クレアは噛みつく。デュランはわざとらしく首を振って、ため息をついた。

「君とおれに共通した目的なんかひとつしかないだろう。コンラッド子爵領以外、どこに行くんだ」

「コンラッド子爵領？　何しに……」

「アネット嬢の秘密を暴きに」

デュランのこともなげな言葉に、クレアはかっと眦《まなじり》を裂く。死者の秘密を身勝手に暴こうとは、趣味が悪いにもほどがある。不届きものを怒鳴りつけようとクレアは口を開きかけたが、デュランにじろりと睨まれて思わず怯《ひる》んでしまった。

「アネット嬢には何か秘密がある。家族ぐるみの秘密だ。家族以外は誰も知らない。君も、君の兄上も聞かされていない。そんな秘密だ。アネット嬢の死の謎に、それが関わっていないとどうして言える？　今の状況じゃ、何もわからない。情報がいるんだ。すべての情報が」

デュランの言葉には熱がこもっている。何としてでもアネットの死の謎を解こうとする、執念のようなものを感じる。

クレアは、眉をひそめた。解せない。なぜ、彼がここまでアネットに執着するのか。死者の秘密を執拗《しつよう》に追い立ててまで、彼女の死の理由を知りたがるのか。

「死者の秘密を暴くな、とでも言いたいのか？　君はいくらでもその秘密を覗ける人間だろう。今までも、そうやって死者と生者の橋渡しをしてきたんじゃないのか」

長い足を見せつけるように組み直したデュランが、クレアを鼻で笑う。その様子に、クレアの怒る気持ちは一瞬で萎《な》えてしまった。代わりに、空風のような虚《むな》しさが胸に満ちる。

「……だからよ」

小さく、呟いた。

「死者は生者より素直よ。とても。聞けばなんだって答えてくれる……少しでも、応えようという意志があれば」

そうしていくつ、彼らの秘密を知っただろう。とても人に言えないような秘密を、いくつ聞かされただろう。死者も生者も貶《おとし》められる秘密を、クレアはいくつも抱えている。実母や、実父の秘密でさえ、クレアは知っている。

「秘密は、秘密にしておかなければ……扱う秘密は、慎重に選ばなければならないと、私は知っているだけ」

「保身のために？　貴族らしいことだ」

「違うわ」

デュランの言葉に疲れて、クレアは窓に頭を預けて目を閉じた。車両の揺れに合わせて、窓はがたがたと激しく揺れている。頭に響く振動は不快だったが、デュランの態度よりはマシだった。深く息を吐いて、吸う。

「死者が必死に守った秘密を、私たち生者の都合で勝手に暴くのは、不誠実だわ。誰にも教えるつもりはなかったのに、ちょっとした好奇心でさらけ出されてしまう。せっかく沈黙を貫いたのに……本当なら、誰にも知られることはなかったのに」

私さえいなければ。

その言葉を、クレアは呑み込んだ。クレアの事情は、デュランには関係ない。それこそ、知らなくてもいいことだ。

「不誠実は嫌い。理不尽も。強引なのも嫌よ。力任せに扱われるものほど、悲しいものはない……」

閉じた瞼《まぶた》の向こうにいるデュランは沈黙している。嫌なものだらけのクレアに、さぞ辟易《へきえき》していることだろうと思って、クレアは口を閉じた。

デュランは王族や貴族が嫌いなのだろう。言葉の端々《はしばし》から、彼らへの侮蔑《ぶべつ》と怒りが感じられる。当然貴族令嬢であるクレアにもその侮蔑は向けられ、クレアは粗雑に扱われる。デュランは、そうしてもいいと思っている。クレアが、自分が嫌いな貴族に属するから。

そんな相手と、まともに会話するのは疲れる。クレアは窓ガラスに頭を預けたまま、目も口も閉じていた。

「……悪かった」

規則的な振動の中、居心地の悪そうな、ためらいがちな言葉が落ちた。困惑しながら、クレアは目を開く。向かいに座ったデュランが、ばつの悪そうな顔で、視線を足元に落としていた。

「君を侮辱《ぶじょく》した。……悪かった」

本当に悪いと思っているのだろう。心なしか落ち込んでいるようにも見えるその姿に、胸がすく。

「……悪かった、は謝罪の言葉じゃないわよ」

それでも、まだ多少許しきれない気持ちがあって、クレアは意地悪をした。デュランの唇がむっと歪む。不機嫌になるかと思った彼は、しかしすぐさま頭を下げた。

「申し訳ない。許してくれ」

デュランの赤いつむじが、クレアの目の前にある。いったい何がどうなったのか、クレアはなかなか理解できなかった。

デュランがクレアに向かって頭を下げ、はっきりとした謝罪を口にした。それだけでも驚きなのに、彼はまるでクレアの許しを待つかのようになかなか頭を上げない。クレアの様子を窺《うかが》うことすらせず、じっと動きを止めている。

「ちょ、ちょっと、もういいわよ。あなたの横暴は今に始まったことじゃないでしょう。そうしおらしくされると、調子がくるうわ」

クレアが狼狽《ろうばい》しながらそう言うと、デュランはやっと頭を上げた。その顔が不満に染まっているのを見て、クレアはなぜかほっとした。今までさんざん無礼な態度を取られたせいで、素直なデュランを見るのは落ち着かなくなってしまう。

「ずっと気になっていることがあるんだが」

「何?」

「君、なんでタウンハウスにいるんだ?」

「はあ?」

落ち着かないのは事実だが、それは無礼な態度を取られても平気だという意味にはならない。不満顔のデュランから飛び出してきた言葉に、クレアは思い切り顔をしかめた。

「……訪ねてきたってことは私がタウンハウスにいることは知ってたんでしょう? じゃあ、クレムが起こした騒動のことだって知ってるでしょう。その連帯責任を取らされただけよ」

「そのことなら知っている。モーム伯の息子を殴ったんだろう? おれが聞きたいのはそういうことじゃない。なぜ君だけが残されているか、だ」

デュランは至って真剣な顔で、クレアを問い詰める。

「罰というなら、監督及び教育役がいるはずだ。はじめはミセス・ペインがそうかと思ったが、彼女は少々君に肩入れしすぎている。それじゃあ監督役は務まらない。となると、君への罰が成り立たない。思うに、罰というのは建前で、君をカントリーハウスに戻したくない理由があるんだろう。おれが聞きたいのはそちらの理由だ。建前ではなく」

「無礼を謝った直後に、よくそれだけずけずけ人の家の内情を聞けるわね……」

クレアの唇の端がひきつる。もはや怒ることもなく、ただデュランの好奇心、あるいは探求心への呆れだけが胸中に残る。

（いいか。話してしまっても）

デュランの顔は疑問に満ちていて、引き下がらせるのも簡単ではなさそうだった。どうせ一番の秘密はすでにヘイリーにも話しているのだ。これ以上、暴かれて困るものなどない。だいいち、ここではぐらかして後で探られるほうが不愉快だ。

「お母さまが私を怖がるから。それだけよ」

「……怖がる？　なぜ」

「自分に見えないものが私には見えているからよ。怖いでしょ。お母さま、うしろにいらっしゃる女性はだあれ、なんて言われちゃ」

物心ついた頃から、母はクレアのことを恐れていた。一緒に過ごすどころか、近づくことすら厭《いと》った。だが、そうして娘を遠ざけて世間に指さされることも恐れていた。

母の根幹には、恐怖がある。死者を見るクレアが怖い。跡取りのクレメンスに嫌われるのが怖い。特異な力を持つ子を産んでしまったことが怖い。子どもたちが誰かの不興を買って、誰かに叱責されるのが怖い。怖いから、笑って誤魔化そうとする。どうか許してくれと、怯《おび》え、震えながら。

だから、クレアの社交界デビューが決まった時、母はこれ見よがしに浮かれて、クレアのデビュタントの準備をした。ドレスのデザインもブーケの花も、ずっと横から口を出していた。その本意をすでに娘に知られているとも知らず、まるで、娘の社交界デビューを心から喜んでいるかのようにふるまった。

「だから私はリーヴァイにいるのよ。罰という名目で、数人のメイドと一緒にね」

クレアが大人しくそれを受け入れた時の、母のほっとした顔が今でも思い出せる。あれほど安心した母を、クレアは見たことがない。今頃は、クレアが何をしているかも知らず、悠々とカントリーハウスの生活を満喫しているはずだ。

短い身の上話を終えると、デュランは眉間《みけん》のしわをさらに深くして、嫌悪をあらわにした。

「君の母上は、君をどこにもやらないつもりか。エイベル伯爵家で飼い殺すと」

「言葉が悪いわよ。言ったでしょ、オールドメイドでいいって」

どこにも嫁に行けなかった娘は、一生を実家で過ごす。収入もなく、本邸から離れに追いやられ、家督を継いだ兄弟にいつ追い出されるかわからない不安な日々を送ることになる。クレメンスがクレアを放逐《ほうちく》するとは思えない分、クレアは恵まれているほうだ。

デュランは顔を盛大にしかめて、溜めていた息を大きく吐き出した。狭いコンパートメントの中、クレアとデュランは膝を突き合わせて座っている。デュランの榛色の瞳が、まっすぐにクレアを見ている。

「惜しいな」

「何が」

「君は美人だし、物知らずでもない。男に言い返す度胸もある。しかも面白い女性なのに」

「待って。それは褒めてるの？　それとも貶してる？」

デュランの言葉に照れて頬を染めかけたクレアは、最後に付け足された一言に声を上げた。律儀に確認を取るクレアに、デュランはくく、と笑った。含みのない、心からの笑みだった。

驚いて動きを止めたクレアの頬の横に垂れた金髪を、伸びてきたデュランの手がすくった。

「君が狭い家の中で終わるつもりでいるのは、惜しい」

デュランの手からクレアの髪がこぼれて落ちる。

がたん、と大きく汽車が揺れた。どうやら、駅に到着したらしい。

「あ……降りる駅？」

「まだだ。あと三駅」

ドキドキと大きく脈打つ心臓を押さえて、クレアは窓から駅構内を見る。そこにある駅名は確かにコンラッド子爵領からはまだ遠い。

デュランはまた腕と足を組んで、むっつりと黙り込んでしまった。なんとなく気まずいクレアは、彼と何か会話する気持ちも起きず、再び動き出した車窓の外の景色をただ眺めていた。


三駅分の時間を無言で過ごしたクレアとデュランは、コンラッド子爵領のカントリーハウスがあるバリーの駅で降りた。木造の駅舎から一歩出て、あたりを見回す。デイジーが植えられた花壇と、古ぼけたベンチとテーブル。それ以外何もない場所だった。人通りの多くなる夕方だというのに、客待ちをする辻《つじ》馬車も、商売する露天商もいない。クレアの実家がある街の駅と比べると、ずいぶん寂しい駅だった。

息をつく間もなく、ふたりは教会へと向かう。バリーの教会は、小ぢんまりとした、牧歌的な風貌《ふうぼう》をしていた。庭を囲う低い木柵はところどころ白いペンキが剝《は》げて木肌が見えており、その奥に壁の漆喰《しっくい》が剝がれ落ちて煉瓦《れんが》の基礎を晒《さら》した教会の建屋がある。ドールハウスを思わせる赤い屋根にぷすりと刺したような銀製の十字架が、夕日を浴びてオレンジ色に光っている。リンゴの木に繋がれた山羊《やぎ》がのんびり雑草を食《は》み、古ぼけたポンプにはタオルが引っかけられている。まるで普通の農家のようだ。

デュランは迷うことなく狭い庭を突っ切り、ドアノッカーを摑んだ。天使の羽を模したそれを容赦《ようしゃ》なく扉に打ちつけ、騒音に近いノック音を響かせる。そのせいで、少しも待たないうちに中から小柄な男性が飛び出してきた。

「なんです、何事です？　何かあったんですか？」

飛び出してきたのは、牧師の証《あかし》である黒い僧衣を纏《まと》った壮年の男だった。人のよさそうなどんぐり眼《まなこ》が、小さな丸い鼻の上に乗った大きな丸眼鏡の向こうでぱちぱちと忙《せわ》しなく瞬きを繰り返している。

「こんにちは、牧師さま。中に入れていただいても？」

「え？　ああ、どうぞ。狭い礼拝堂ですが……」

「ありがとう。いやぁ、親切な牧師さまで助かった」

牧師が体を傾けて作った隙間から、デュランはするりと中に入っていく。顔にはうさん臭い笑みを張りつけて、柔らかな物腰で。それにぞっとしながらも、クレアも牧師の横を通りすぎた。牧師はきょとんとしたまま、闖入《ちんにゅう》者を見上げている。

「ええと、それで、何の御用で？　おふたりとも、初めてお見掛けするような……あっ、もしかして移住のご夫婦とか」

「違います！」

　とんでもない勘違いに、クレアはすぐさま否定の声を上げる。デュランと夫婦など、冗談ではない。そんなにも仲睦《むつ》まじく見えただろうか。クレアはそっと、デュランから一歩離れた。一瞬だけ、デュランの眉間にしわが寄ったのを、クレアは無視した。

「そ、そうなんですか？　じゃあ、いったい」

「牧師さまにお聞きしたいことがありまして」

　首をかしげている牧師に、デュランがにこにこと応じた。口調こそは優しいものの、デュランは有無を言わせぬ雰囲気を纏っている。それに気圧《けお》されたのか、牧師はじりっと後ずさった。

「牧師さまは、ミス・アネットと親交がおありで？　あのお可哀想《かわいそう》なご令嬢と」

　牧師の顔が気色ばんだ。ぶるぶると震える唇は、嫌悪感と警戒心を表している。デュランはそれに気づかないふりをして、笑っている。

「当然おありのはずだ。彼女はこの街の領主の娘で、敬虔な信徒なのだから。あなたは彼女の秘密を、一番よくご存じのはずだ」

「なんなんですか、いったい！　突然訪ねてきて、不躾に……！」

牧師の顔が真っ赤に染まる。クレアには、彼の怒りは尤《もっと》もなものに思えた。アネットを好ましく思っていた人は多い。親交があったのなら、この牧師もそうだろう。デュランの言いざまでは、アネットの死を面白おかしく広めまわった輩と同類に思われても仕方がない。

「牧師さま、どうかお怒りにならないで。私たち、アネット様がなぜお亡くなりになったのか、本当の理由を調べているのです」

クレアは、デュランと牧師の間に無理やり体を割り込ませた。押しのけられた形になったデュランが反発するかと思ったが、彼は意外にもすんなりクレアに場所を譲って沈黙した。

「アネット様が自ら死を選ぶはずがありません。殺される理由もありません。でも、それならなぜ、あの夜外出したのか……あの大階段に行ったのか、それを知りたいんです。なぜあの子が、死ななければならなかったのか……」

クレアは必死に言葉を紡《つむ》いだ。牧師は怒り顔のまま、黙ってクレアを見つめている。丸眼鏡の奥の瞳が、疑心で揺れていた。

「知りたいんです。アネット様のことを。何をお考えになって、何をなさろうとしていたのか。お願いです、牧師さま。その糸口をお持ちなら、どうか私たちに教えてください。

お願いします」

両手の指を組んで、クレアは懇願する。アネットの秘密を暴くことにためらいはある。だが、彼女の死の謎を解き明かす手がかりはほしい。その一心で、クレアは牧師に迫る。

牧師はよろよろと、倒れるように背後の長椅子《いす》に座り込んだ。ぐったりとした様子で、丸眼鏡をはずし、僧衣で拭《ぬぐ》う。

「あなたが……クレア・フォスター様ですか」

悄然《しょうぜん》とした様子の牧師の言葉に、クレアは頷く。ふっ、と牧師が淡い笑みを見せた。

「あなたのお話は、アネット様からたくさんお聞きしていますよ。強く、優しく、淑女の鑑《かがみ》のようなお人だと」

「か、買い被りです。私、そんな人じゃ……」

「アネット様にとってはそうだったのですよ。あなたは敬愛すべき友人で、お手本でした。あの方が、どれだけあなたを愛していたか……」

牧師の笑みが消え、その顔に翳《かげ》りが差す。長く息を吐き出して、途切れ途切れに言葉を紡ぎ出した。

「アネット様は……アネット様には、確かに秘密がおありです。それがアネット様の死と関係があるのか、私にはわかりません。関係なければいいと、私はそう思います。そういう類の秘密です。それでも、お聞きになりますか。秘密を知っても、あの方を変わらず尊重してくださいますか」

「もちろん」

牧師の言葉に、クレアはすぐさま頷いた。あまりに間髪容《い》れずに頷いたので、かえって怪しかったかもしれない。しかし、覚悟はすでに決めていた。その覚悟が伝わるように、クレアはまっすぐ牧師の丸い目を見つめた。

牧師はしばらく大きく肩で息をして、意を決したようにクレアの目をまっすぐ見つめた。

「アネット様は、コンラッド子爵夫人のお子ではありません。子爵が外でおつくりになった、婚外子です」

クレアは息を吞んだ。婚外子。国教会が認めた婚姻《こんいん》以外での、オルランド国民として認められない子ども。

牧師がクレアを見つめている。クレアの反応をつぶさに観察している。そうわかっていても、クレアは衝撃を隠しきれなかった。


教会を辞したクレアとデュランは、その足でコンラッド子爵邸へ向かった。伯爵令嬢が探偵を伴って突然来訪したことで子爵邸は上を下への大騒ぎとなり、クレアは肩身の狭い思いをしながら、応接間で子爵夫人を待っていた。隣に座るデュランは、使用人の苦労などみじんも気にならないのか、のんきにティーカップの模様をしげしげ眺めている。

やがて、コンラッド子爵夫人がやってきた。急いで準備してくれたのだろう。淡い金髪が取り巻く丸い額には、うっすらと汗が浮いている。

「お待たせしてごめんなさい。普段人の来ない屋敷なものですから、準備に手間取ってしまって……」

おっとりとした青い瞳を申し訳なさそうに伏せて、コンラッド子爵夫人は謝罪した。ぱっちりした目鼻立ちをしていたアネットとは正反対の温和な面立《おもだ》ちだが、突然訪ねても嫌味のひとつもない善良な気質は、彼女からアネットに受け継がれたものに思えた。

「いいえ、謝るのはわたくしのほうです。急にお訪ねして申し訳ありません」

腰を折るクレアに促されて、デュランも小さく頭を下げる。その様子を見て、子爵夫人は小さく笑った。

「構いませんよ。あの事故以来、屋敷も静まり返ってしまって……久しぶりに、忙しくできました。ありがとう」

お礼を言われてしまっては、クレアには立つ瀬がない。クレアの対面に座った子爵夫人は、アネットと同じ、柔和な笑みを浮かべている。

「それで、どうなさったんです？　コーディさんとレディ・クレアが一緒に来られるなんて、そちらのほうが驚きました」

「調査の過程でご協力いただけることになりまして。事後報告で申し訳ありません」

いつも通りのそっけなさで、デュランは淡々と告げる。子爵夫人はおっとりと頬に手を当てて、困ったようにクレアとデュランを見比べた。

「まあ……いえ、それは構いませんが、ご迷惑をおかけすることになるのでは……」

子爵夫人の困惑とためらいが伝わってきて、クレアは首を横に振った。

「アネット様のためになるなら構いません。いくらでもご協力いたします」

「まあ……」

子爵夫人の青い瞳がみるみるうちに潤んで、ぽろぽろと涙をこぼし始めた。白いハンカチで目元を押さえながら、子爵夫人は肩を揺らして泣いている。

アネットの葬儀の日も、そうだった。喪服に身を包んだ子爵夫人は、黒いベール越しでもわかるほど顔色が悪く、今にも倒れてしまいそうだった。

あの日よりはいくらか回復しているようだが、病人のような頼りなさは拭えない。

「夫人。あなたに確認したいことがあります」

クレアが感じ入っている横で、子爵夫人の様子を慮ることなど考えてもいないデュランが、ずいと身を乗り出した。

ひどく冷たい、人形じみた眼差《まなざ》しに、子爵夫人は慌てて背筋を伸ばし、涙を拭う。

「はい。ごめんなさい、何でも聞いてください」

「アネット嬢の生母を、ご存じですか」

予想もしていなかったのだろう。子爵夫人は目を見開き、手に持ったままのハンカチをぎゅうと握りしめた。血の色を失った細い手が、かたかたと震えている。それが目に入っていないわけはないのに、デュランは追及の手を緩めなかった。

「牧師さまのお話では、リーヴァイの娼婦《しょうふ》ということまでしかわかりませんでした。アネット嬢を引き取り、育てたあなたなら、詳しいことをご存じなのでは」

「な、なぜ……」

子爵夫人の声は、可哀想になるほどか細い。

「それと、依頼のことに、何の繋がりがあるのですか。そんなことまで、教えなければいけないのですか。なぜ……」

「必要だからです。もしかしたら、アネット嬢は」

「ヴァイオレットがアネットを殺したとでも⁉」

金切り声を上げて、子爵夫人が立ち上がった。肩を怒らせ、死人のような顔色で、愕然《がくぜん》とデュランを見下ろしている。

「ありえません。ありえません、それだけは！　ヴァイオレットはあの子を愛してた。旦《だん》那《な》さまのことも、わたくしのことさえ愛してみせた！　ありえません、ヴァイオレットは関係ない！」

「落ち着いてください、夫人。ヴァイオレットというのが、ご生母の名前ですか」

「知りません、いいえ、関係ありません！　アネットは事故で死んだんです、そうに決まってます。誰のせいでもありません！」

子爵夫人は取り乱し、支離滅裂に叫んでは荒い呼吸を繰り返している。質問を重ねようと口を開いたデュランは、言葉がまともに通じていないことに気づいて顔をしかめる。どうしたものかと頭をひねるデュランを置いて、クレアが立ち上がった。するりと子爵夫人のそばに膝をつき、固く握り絞められた拳に手を添える。

「コンラッド子爵夫人。大丈夫、ゆっくり息をしてくださいませ。さあ、大きく息を吐いて……吸って……さあ、一緒に」

手の甲を優しく撫《な》でながら、クレアは子爵夫人に語りかける。大きく胸を上下させて、呼吸する様子を見せる。数度それを繰り返すうちに、子爵夫人も同じように大きく呼吸をし始めた。やがて子爵夫人は落ち着いたのか、すとんと椅子に腰を落とした。

「取り乱して、申し訳ありません……」

クレアと手を繋いだまま、どこか遠くを見る目で、子爵夫人はデュランを見た。空虚と言うほかないその表情を見て、クレアの胸が痛む。子爵夫人は、娘の死をこの上なく悲しんでいる。たとえ、血が繋がっていなくとも。

「構いません。こちらこそ、気がはやって配慮のない尋ね方を致しました。申し訳ありません」

素直に頭を下げたデュランは、しかし再び同じことを子爵夫人に尋ねた。

「アネット嬢の生母……ヴァイオレットさんと仰るんですか。今どこにいるか、ご存じで？」

デュランに諦める様子はない。子爵夫人は助けを求めるようにふらふらと視線をさ迷わせ、クレアの手を強く握った。

「大丈夫です。アネット様の名誉を傷つけることはいたしません。わたくしがしっかり見張っておきますから、どうか、仰って」

床に膝をついたままのクレアが子爵夫人の手を握り返しながら、優しい声で言葉を促す。ふたりに諭されて、子爵夫人はついに口を開いた。

「……そうです。アネットを産んだのは、ヴァイオレットという、リーヴァイの娼館にいた娼婦です。わたくしではありません。わたくしと旦那さまでは、子を得ることはできませんでした」

一度口に出してしまえば、弾みがつく。子爵夫人は、ぽつりぽつりと語り始めた。

「忘れもしません。おなかを大きくしたあの人が、この屋敷に来た日……ヴァイオレットはとても礼儀正しかった。何においてもわたくしを優先し、わたくしを慮ってくれた。ひどい悪阻《つわり》で苦しんでいる時も、わたくしが一緒にいると決して横になろうとはしなかった。ヴァイオレットはそういう女性《ひと》でした」

子爵夫人は語りながらクレアの手を撫でた。優しい、慈《いつく》しむ手つきだった。

クレアは、母とこんなふうに手を繋いだことがない。母の顔は、いつだってテーブルを挟んだ向こう側にあった。

アネットは、こうして実母の話を聞いたのだろうか。養母の手を握り、愛を存分に浴びながら、もうひとりの母のことを知ったのだろうか。それは——なんとも、うらやましい。

「やがてアネットを産んだヴァイオレットは、ひとりでここを出て行きました。わたくしは彼女のことがすっかり好きになっていたので……おかしな話ですけど、本当に大好きだったので……ここで暮らせばいいと、援助すると言ったのですけど……ヴァイオレットは、アネットの将来に差しさわりがあるから、と聞き入れてはくれませんでした」

遠くを見つめている子爵夫人の青い瞳が涙で揺れている。不思議な縁で結ばれた女性を想っているのかもしれなかった。

「行き先も教えてくれませんでした。別れて以来、手紙のひとつもなく……本当にぱったりと、消息を絶ってしまったんです。それが彼女の希望なら、とわたくしたちも無理に探しはしませんでした。だから今、どこにいるか、何をしているのか……生きているのかすら、わたくしにはわかりません。わからないんです……」

か細く震えた子爵夫人の声が消える。再び顔を覆って泣き始めた子爵夫人の背を、クレアはゆっくり撫でた。

クレアには、子爵夫人にかける言葉が見つからなかった。この子爵夫人の涙が、演技とも思えない。彼女は本気でヴァイオレットの身を案じて涙を流している。

愛していたのだ。娘を産んだ女を。同じ男を愛した女を。

「確認をさせてください。夫人は、ヴァイオレットさんのことも、アネット嬢のことも、大切に想っておられたのですか」

子爵夫人に、デュランが迫る。クレアは今は控えるようデュランに視線で訴えたが、デュランはそれを無視した。

「当然です。ふたりとも愛すべき人です。大切な、本当に、大切な人なんです」

ぼろぼろと涙を流す合間に、子爵夫人は必死で言葉を押し出している。

「このことを、アネット嬢は」

「知っています。デビュタントの日に、教えました。もうひとりの母親を……あの子を産んだ母親のことを……どうして教えずにいられましょう」

「その時、アネット嬢は、なんと」

「わたしには、お母さまがふたりいらっしゃるのね、と……なんと贅沢《ぜいたく》なことでしょう、と笑って……笑って、いました。ああ、あの子の笑い声は、ヴァイオレットによく似てる……」

泣き崩れた子爵夫人の体を、クレアは受け止める。クレアに強く抱き縋った子爵夫人は、燃え上がるような熱を持っていた。

結局、子爵夫人が泣き止むことはなく、それ以上の話を聞くことはできなかった。帰りの汽車もとうになく、子爵邸に泊まることになったが、急遽《きゅうきょ》用意された客室にクレアたちが入ってからも、子爵夫人は自室に引きこもったまま、クレアたちの前に姿を現さなかった。

「君はどう思う、クレア」

湯あみを済ませたクレアが部屋に戻ると、そこにはカウチでティーカップ片手にくつろぐデュランの姿があった。

「あなた、何を考えているのよ!?」

クレアはネグリジェの胸元を掻《か》き合わせ、わたわたと周囲を見回した。こんなことなら、浴室から送ってきてくれたメイドを早々に帰すべきではなかった。未婚の男女が、しかも片方はすでに身を清めた後という状況で、室内にふたりきり。これでは、クレアとデュランが特別な男女の関係だと大声で触れ回るようなものだ。侍女の帯同がない状況での子爵邸訪問の時点で気絶しそうなほど非常識な状況だったのに、これでは言い訳のしようもない。

「気になるならドアを少し開けておけ。それで一応言い逃れはできる」

「あ、あなた、あなたねえ……！」

ぶるぶるとクレアの拳が震える。汽車の中であれだけ殊勝な態度を見せていたというのに、結局はこれか。

どうにかして叩きだすほかない、と決意するクレアに、デュランは無遠慮に言葉を投げかける。

「いいから、早く答えろ。君の考えが聞きたい」

「いいわけないでしょう！」

クレアは怒りを込めてデュランを睨む。だが、デュランはたじろぎもしなかった。ただまっすぐ、真剣な顔でクレアを見つめている。その榛色の瞳に、嘲《あざけ》りも愉悦も浮かんでいないことに気づいて、クレアは小さく息を呑み——そして、吐き出した。

おそらく、他意なく部屋で待っていたのだ。例えば彼がヘイリーに対してそうするように、自身とは異なる意見を聞くためだけに。

クレアはもう一度ため息を吐き出した。ストッパーをドアの下に挿《さ》しこんで閉まらないようにしてから、デュランに向き直る。

「どうって？　どれのこと」

肌ざわりのいい布張りの椅子に腰を下ろし、恐らくはクレアのために用意された机上のティーカップに指を伸ばす。

「牧師と子爵夫人の話だ。君、どう思った」

「どうって……たぶん、本当のことなんでしょうね。アネット様のことを想って、今まで黙っておられたんでしょう」

この国では、婚外子の立場は弱い。もし、アネットが愛人の子であることが周知の事実であったら、アネットを慕う人間は皆無に等しかっただろう。それがわかっていたから、ヴァイオレットは姿を消し、子爵夫妻も彼女を探しはしなかった。

「……わからんな」

「そうかしら。愛人を囲っている殿方は多いし、驚くことじゃないと思うけど」

「そうじゃない。君だ」

デュランの長い指が、クレアを指す。デュランが何を言っているのか理解できないクレアは、思い切り眉をひそめた。

「何よ。人に指向けないでくれる？　行儀が悪いわよ」

「それだ、それ。君だっていくらか狼狽しているだろうと思ったのに、まるきりいつも通りだ」

デュランはなぜか不機嫌そうに、唇の端を曲げる。クレアには、ますます彼の考えていることがわからない。

「狼狽してほしかったの？　趣味が悪いわよ」

「そうじゃない」

「じゃあなんなのよ」

問い詰めても、デュランは答えようとしなかった。むすっとしたまま、子どものようにそっぽを向いてしまう。

「狼狽したってあなたが慰めてくれるわけでなし。そもそも、誰から生まれようとアネット様はアネット様だもの。何を狼狽しろっていうの？」

デュランの態度が不愉快で、クレアはつまんだままだったティーカップを口に運ぶ。少し冷めた紅茶は普段飲んでいるものとは違って口慣れないが、悪い味ではない。

「そんなものか」

「そんなものよ。あなたとヘイリーだって似たようなものじゃないの？」

デュランの性格の悪さは重々承知しているが、さすがにヘイリーが持つ貴族の血筋や身分を目当てに彼とつるんでいるわけではないだろう。多少なりとも、縁や絆《きずな》のある仲に見える。そう思って切り返したのだが、デュランは軽く肩をすくめた。

「おれたちに君らのような仲睦まじさはない。生まれた時から、一生縁がある」

「一生？」

どういうことだろう、とクレアは首をかしげたが、デュランはその考えを散らすようにぱっぱっと手を振ってみせた。

「おれのことより、アネット嬢のことだ。君はあれを信じるのか？　コンラッド子爵夫人といえば婚前からコンラッド子爵に熱を上げていたことで有名だろう。そんな女性が、夫の愛人と、愛人の産んだ娘を愛していたと?」

思ってもみなかったことを言われて、クレアはぱっと目を見開いた。

「まさか、あなた今度は子爵夫人を疑ってるの? アネット様を殺したって?」

「おかしな話じゃないだろう。おまけに夫人には自分の子がいない。自分ができなかったことを成したヴァイオレットや、その娘のアネット嬢への害意が完全になかったと、なぜ断言できる?」

クレアは唇を噛んだ。男女間の痴情《ちじよう》のもつれは、社交界でもよく話題に上る。不倫も婚外子も修羅場《しゆらば》も、珍しい話ではない。珍しい話ではないのだ。

だが、茶室や舞踏室の隅《すみ》で語られるそれらと、コンラッド子爵家の親子を一緒にされるのは、納得いかなかった。

「女が女を大切にするのは、おかしなこと?」

「……なに?」

クレアはデュランをきっと睨む。

「あなた、子爵夫人がなぜ泣いていたかわからないの? あれが自分を守るための演技で、心の中では笑っていたって、そう思うの? 本当に?」

「おい……」

デュランが焦り顔で、クレアを制止しようと腰を浮かす。口を塞がれる前にと、苛立《いらだ》ちに肩を怒らせながらクレアは言葉をぶつける。

「ええ、確かにコンラッド子爵夫人はコンラッド子爵に恋をしてらっしゃったでしょう。でも、ヴァイオレットさんのことだって愛していたのよ。恋が感情の最上級なわけじゃない。燃えるような恋だけが、行動の起点になるわけじゃないわ」

今やデュランはぽかんと呆《ほう》けたようにしてクレアを見つめている。それでも、クレアの口からは言葉があふれ出て止まらなかった。

「愛していたの。愛していたのよ、大切だったの。きっと、ヴァイオレットさんの幸福を誰よりも願っていたのは子爵夫人だわ。ヴァイオレットさんの幸福を願って、そうしてアネット様を育てたのよ。そうじゃなければ、アネット様があんなに子爵夫人の気質を受け継ぐはずないじゃない。誰よりも幸福になってほしかったのよ。恋した人と、愛した人の娘だもの。誰よりも、愛していたの……」

衝動的に吐き出した自分の言葉に、クレアははっとした。

愛していた。誰よりも。幸福の中で、笑っていてほしかった。望んだのはただそれだけ。

その感情に、クレアは覚えがあった。他でもないアネットに、ずっとクレアが願っていたことだ。

「そう、か……」

やっと、ヘイリーの言っていたことがわかった気がした。

アネットのことを愛していた。幸福が彼女とともにあるならそれでよかった。その想いは誰も傷つけはしない。ただの願いで、ただの愛だった。

「なんだ……よかったんだ、それで。ただ愛してるって、それだけで……」

胸のつかえがとれた気がして、クレアは大きく息を吸い込む。肺に流れ込んだ空気が体中を巡るのと同じように、見つけた答えが心に浸透していく。

愛していた。愛している。アネットという少女を、心から愛している。この気持ちは恋ではない。それでも、大切に想う気持ちに変わりはない。

「……おい。ひとりで何を納得してる？　おれにもわかるように喋ってくれないか」

急にぶつぶつと独り言を言い始めたクレアを訝《いぶか》しそうに見ていたデュランが口を挟む。

クレアはゆっくりと顔を上げて、首を横に振った。

「なんでもない。急に感情的になってごめんなさい」

「なんでもないことはないだろう……」

デュランは探るような視線をクレアに向けたが、やがてため息をついてカウチに座り直した。

「とりあえず、コンラッド子爵夫人についての君の言い分はわかった。君がそこまで言うなら、信じよう」

意外な言葉を聞いて、クレアは目を丸くした。てっきり、論理的でないとかなんとか、嫌味のひとつふたつは飛んでくるものだと思っていた。それを察したのか、デュランがじろりと目つき悪くクレアを睨む。

「おれの考えだって、下世話な推測でしかないんだ。確固たる証拠も確信もない、社会常識に照らし合わせただけの主張を唱《とな》え続ける気はないよ」

それを言うなら、クレアだってただの願望かもしれないのだ。だが、あのプライドの高いデュランが引いてくれたのに果ての見えない議論を繰り返す必要も感じられなくて、クレアは小さく「ありがとう」と呟いた。

「礼を言われるようなことじゃない。真実なんて、結局当人しか知り得ないことだ……アネット嬢にも話を聞ければ手っ取り早いんだがな。まだ、だめそうか？」

デュランに問われて、クレアは頷いた。アネットに関しては、一切の変化はなかった。

だが、それとは別に大きな変化がひとつあった。あの場にいなかったデュランは、そのことを知らない。意を決して、クレアはデュランに自分の見たものを語って聞かせた。

忠告してくれた花売りの少女。転がり落ちるアネットの体。アネットに群がる、蛆《うじ》のような手の群れ。

すべて聞き終えたデュランは、顎に手をやって考え始めた。

「地下に何かいて、金髪のみんなを連れていった……？　他にもこんなことがあったのか？」

「私の知る限りではない。死者の執着はだいたい自分が生きていた時のものに向くの。家族とか、大切にしてたものとか、住んでた場所とか。死者が死者に……っていうのは、初めてだわ」

「君の経験も役に立たないわけか。厄介だな」

難しい顔で、デュランが唸《うな》る。役に立たないと言われると複雑だが、事実、必要とされる情報や類似例を出せないのだから反論もできない。

ふと、あることを思い出してクレアはデュランに尋ねた。

「あなたは？」

「は？」

「ほら、前に幽霊に会ったって言ってたじゃない。それはどうだったの？」

デュランの事務所に初めて足を踏み入れたあの日、確かにそんなことを言っていた。それが突破口になりはしないかと、一縷《いちる》の望みをかけてみる。

しかし、デュランはあっさりと首を横に振った。

「おれの経験は君よりもっと役に立たない。子どもの頃、迷子になったら幽霊に助けられたってだけだ。怪談にもなりゃしない」

「それもそれですごい経験だと思うわよ」

「安心しろ、君のほうがすごい」

デュランは冷めきった紅茶を飲み干し、ポットから新しい紅茶を注ぎながら、頭をひねって唸っている。その姿は真剣そのもので、かねてからの疑問がクレアの口をついた。

「デュランは……どうしてこの依頼を受けたの」

以前にも思ったことだった。同情や愛着で動くとは思えない男が、ここまでするのはなぜだろう。とてつもなく地道で手間のかかる周辺調査をしたり、幽霊が見える女を仲間に引き入れたり、休む間もなく国中を飛び回ったり、とても普段の彼の言動からは想像できない労力がアネットひとりのためにかけられている。

デュランはその榛色の瞳をちらりとクレアに向けて、それから紅茶をひとくち飲んだ。

「コンラッド子爵夫人がおれのところに来た時、夫人はメイナード公のせいだと言った。あれとの結婚が嫌で自暴自棄になっているところを、誰かに付け込まれたんだ、と。もしかしたら誰かと結婚することを嫌がったメイナード公の手の者かも、とまで言ってのけた」

デュランが淡々と語る言葉を、クレアは黙って聞いていた。

「そんなわけはないと思って聞いていたが、夫人があまりに鬼気迫る様子で話すから……もし少しでもメイナード公の影響があるなら、責任を取らなければならない、と思った」

デュランはそう言って目を伏せた。何かを悔やむような、痛みをこらえるような表情で、自分の組んだ指を見つめている。

「責任……？　なぜ？　デュランとメイナード公に、何の関係があるの？」

王子と探偵の間にどんな繋がりがあるのか、クレアにはわからなかった。デュランは何か言葉を発しようと口を開いたが、結局は無言のまま笑みの形を作った。誤魔化すというよりは、言いたくても言えない事情がある、そんな困ったような表情だった。

「もうこんな時間か」

チェストの上に置かれた時計に目をやったデュランが、ぽつりと呟いた。見れば、時計の針は深夜零時近くを差している。

「明日は朝一番でリーヴァイに帰るぞ。君も早く寝ろ」

誰のせいで夜更かしする羽目になったのか、デュランはわかっていないようだった。じとりと睨むクレアをよそに、デュランはテキパキとティーセットを片付けていく。

トレーを片腕に載せて立ち上がったデュランは、当然のようにクレアの手を取った。

「おやすみ、クレア。良い夢を」

就寝の挨拶《あいさつ》を紡ぐ唇が、クレアの手の甲に軽く触れる。それだけですぐにクレアの手は解放されたが、クレアは動き出すことができなかった。

恭《うやうや》しく手にキスされることなんて慣れっこだ。特別なことなんて何もない、いたって普通の挨拶だった。それなのに、口づけるデュランの仕草がひどく様になっていて、思わず見惚《みと》れてしまった。

クレアがはっと我に返った時には、デュランはもう廊下に出るところだった。慌てて椅子の背から体を乗り出して声をかける。

「おやすみなさい！」

扉の向こうに消えようとするデュランが振り返った。その端整な顔がにやりと人の悪い笑みを浮かべたのが見えて、まんまとからかわれたことに気づく。文句を言おうにも、デュランはすでに逃げてしまった後だ。

「もう！」

してやられたことに憤慨《ふんがい》しつつ、クレアは寝室に入る。柔らかなベッドに身を投げると、羽根布団の柔らかさと甘やかなポプリの匂いに包まれた。

今日は疲れた。一日中歩き回って、振り回されて、必死で情報を集めた。目を閉じれば、すぐに睡魔はやってくる。

沈むように、クレアは眠りに落ちていった。


翌朝、朝食の場にも、コンラッド子爵夫人は現れなかった。子爵も部屋に入れてもらえないらしく、落ち着かなさそうに何度も子爵夫人の私室のあるほうを確認していた。

クレアは子爵夫人を心配して残りたがったが、デュランの帰還の意志は固かった。そもそもクレアが首を突っ込むべき問題ではない、というデュランの主張に折れる形で、クレアは子爵が駅までの足にと用意してくれた馬車に荷物を積み込んだ。

「待って！　待ってちょうだい、待って！」

クレアが馬車のステップに足をかけた時、屋敷からばたばたと駆け出してくる人物があった。ドレスも昨日のまま、崩れた化粧と髪形で、目の下にクマを作ったコンラッド子爵夫人だった。

とても貴族女性が人前に出る姿ではない。クレアはぎょっとして、慌てて彼女のほうへ駆け戻った。

「夫人、どうなさったんですか。まさか、寝てらっしゃらないんじゃ」

「これ……これを、どうしてもあなたに渡したくて」

子爵夫人は胸に大事に抱いていた小さな化粧箱を、クレアにそっと手渡した。両手のひらから少しはみ出る程度の、軽い箱だった。

「あの子が……アネットが、ずっとあなたたちご兄妹《きょうだい》のために作っていたものです。あの子は完成させられていなくて……ごめんなさい、最後はわたくしが仕上げました。でも、どうか、お願いです。受け取って……」

青い瞳いっぱいに涙を湛《たた》えて、コンラッド子爵夫人は懇願する。その後ろに、コンラッド子爵が悲痛な面持ちで佇んでいた。

クレアは、受け取った箱を胸にぎゅっと抱いて、頷《うなず》いた。

「ありがとうございます。兄にも、必ずお渡ししますわ。必ず」

クレアの言葉に、子爵夫人は深く深く頭を下げる。

寄り添う子爵夫妻に見送られて、クレアたちは出立した。がたごとと揺れる馬車の中、クレアはそっと膝に置いた化粧箱を開ける。

中に入っていたのは、ふたつの白いミニバラのコサージュだった。女物の華やかなものと、男物の小ぶりなものが、ひとつずつ。双子の瞳と髪の色を意識してのことだろう、金のレースと藍色《あい》のリボンで飾られている。

「アネット嬢からの贈り物か」

クレアの手元を覗き込んだデュランが、感心したように言った。布で作られた造花は本物のように波打ち、レースは柔らかく、リボンは艶《つや》やかで、材質にこだわっているのがわかる。手の込んだ、美しい贈り物だった。

「……今年のアネット様の誕生日に、ミニバラの花束を贈ったの」

「すみれの君に？」

アネットの愛称を出して、デュランは首をかしげた。

「すみれを贈る人も多いそうよ。でも、それは人につけられた愛称だもの。あの子はすみれよりもミニバラが好きだった」

もちろん、すみれも好きだったろう。小さくて可愛らしいものを彼女は好んだ。その中で一番好きだったのがミニバラだった。彼女は使う便せんや、普段使いの小物、髪飾りやドレスに、よくミニバラの意匠を取り入れていた。

「とても喜んでくれて……来年の私たちの誕生日プレゼントはとっておきのものにするって、意気込んで。自分が誕生日を祝われているのにね」

きっとこれが、その誕生日プレゼントなのだろう。アネットが双子を想いながらデザインして、素材を選び、手ずから作っていた。確かにこれは、とっておきだ。彼女が生きていてくれたら、もっともっと素敵な贈り物だったのに。

「これを急いで作っていたから、夫人は部屋から出てこなかったわけか」

「あ、こら。触っちゃダメ」

伸びてきたデュランの指をぺしりと叩く。彼が不満そうに眉根を寄せるのを無視して、クレアは化粧箱の蓋《ふた》を閉じた。

「これはアネット様からクレムへの贈り物なんだから、他の男の人が触っちゃだめよ」

「そういう問題か？」

「そういう問題よ」

愛《いと》おしそうに、クレアの指が化粧箱を撫でる。急いで用意したのだろう、飾り気のない白い箱が、クレアには宝箱のように感じられた。

クレメンスがこれを受け取ったら、どんな顔をするだろう。泣いてしまうかもしれない。アネットの前では頑張って虚勢を張っていたが、本来は感情の振れ幅の大きい男だから。

化粧箱を大事に抱えて、クレアは双子の兄に想いを馳《は》せた。

三章 ✺ レディ・ファントムと謎の女

首都リーヴァイに戻ると、ざあざあと大雨が降り注いでいた。吹き込んでくる雨と、その中を駆けた人たちによって、駅舎のホールは水浸しになっている。いくらオルランド王国は雨が多いといっても、ここまで豪雨になるのは珍しい。

「うわ……すごいわね」

化粧箱を胸に抱いたクレアは、ホールから出るに出られず途方に暮れた。せっかくもらったコサージュを万が一にも濡らしたくない。だが、鞄の中は衣類でいっぱいで化粧箱が入る余裕はない。

(コートの中にしまい込んだらいけるかしら)

厚手のコートの下にあれば多少は雨避けになるだろう。うんうん悩んでいると、突然横から鞄が差し出された。

「これ、見ててくれ」

「えっ」

クレアは押しつけられた鞄を慌《あわ》てて受け取って、デュランを仰ぎ見た。彼はコートの襟《えり》を高く立て、帽子を目深《まぶか》にかぶって雨避けをしている。

「おとなしくここで待っていろ。馬車を呼んでくる」

「馬車って……」

この大雨の中、辻《つじ》馬車を捕まえるなど至難の業《わざ》だ。どの停留所も長蛇《ちょうだ》の列で、みんな雨の中でピリピリと気が立っている。せめてもう少し雨脚《あまあし》が弱まるのを待とうと提案しようとしたクレアの胸元を、デュランは指さした。

「濡らしたくないだろう、それ」

引き留めようとしたクレアが言葉に詰まる。その隙《すき》に、デュランは雨の中へと駆け出してしまった。あっという間に停留所のほうへと遠ざかっていく背中を見送りながら、クレアは途方に暮れた。

「なんなのよ、昨日から……」

デュラン・コーディという男は、ここまで気遣いができる男だったのか。そうなると、一昨日以前のクレアは気遣う必要なしと判断されていたことになってしまう。

嬉《うれ》しいような、悔しいような、判然としない気持ちを抱えて、クレアはふたり分の荷物をゆすりあげた。せめて彼が戻ってきた時見つけやすい位置にいようと、雨が吹き込まないギリギリの位置まで移動する。

大事な化粧箱を、濡れないようにコートの内側に入れる。なんだか頬《ほお》が熱かった。


デュランが拾ってきた馬車に乗り込んで、クレアとデュランは揃《そろ》ってタウンハウスへ向かった。

タウンハウス前の小道に入るころになって、コンコン、と御者席《ぎょしゃ》側の小窓が叩かれた。

「お嬢さま、何やら騒ぎが起こってますぜ。このまま進んじまって大丈夫ですかい」

そう言った御者が指した先には、数人の制服警官と、刑事らしきスーツ姿の男がいた。男たちは玄関扉をこじ開けようとし、中にいるメイドたちがそれを阻止しようと押し合いへし合いしているようだ。

何をしているのだとぐっと小窓に顔を近づけると、隣のデュランが鋭く舌打ちをした。

「何をしてるんだ、あの大間抜け」

低い声でそう呟《つぶや》いて、御者にポーチの目の前につけるように指示する。御者は不安そうな顔をしながらも、指示通りにする。激しい雨音のせいか、警官たちは近づいてくる馬車に気づかない。

焦《じ》れたクレアが馬車から飛び降りるのと、警官が邸内になだれ込むのは同時だった。怒鳴るような刑事の声と、悲鳴を上げるメイドたちの声が飛び交う。

警官たちの隙間から、ミセス・ペインが玄関ホールに尻もちをついているのが見えて、かっとクレアの頭に血が上った。

「何事ですか！」

雨に濡《ぬ》れたポーチに、クレアの声が響く。警官たちも、メイドたちも、一斉にクレアを見た。その視線を真正面から受け止めて、クレアは目を丸くしている警官たちを順番に睨《にら》みつけ、最後に彼らの中央に立っている子熊のようにでっぷりした刑事に視線を据えた。

「ここをエイベル伯爵のタウンハウスと知っての狼藉《ろうぜき》ですか！　オルランドが誇る警官でありながら、よくも強盗のような真似を……恥を知りなさい！」

クレアの剣幕に、若い警官たちは縮み上がっている。しかし、子熊はひとつ瞬《また》きをして、すぐに勝ち誇ったような笑みを浮かべた。

「おお、レディ・ファントム。お出かけというのは本当だったのですね。てっきり忠実な使用人が主人を庇《かば》っているものだと……」

「馴れ馴れしい！　身の程を知りなさい！」

自分の娘ほども歳《とし》の離れた若い娘にぴしゃりとはねのけられて、子熊の頬がひきつった。しかし、理は自分にあると思っているのか、子熊はクレアを見下すように胸を反らして、大仰にふるまう。

「レディ、そのような態度を取られるのはいかがなものか。貴女《あなた》は今、殺人を疑われているのですよ」

「は？」

子熊の言葉に、クレアは嫌悪感をあらわにする。いったい誰を殺したというのだろう。

「マーサ・スウィニー。ご存じですな？　以前、この屋敷で働いていた……今朝、死体で発見されましたよ。コンラッド子爵令嬢と同じ、パール広場の大階段の下で」

にやにやと、とても訃報《ふほう》を伝えているとは思えない表情で、子熊は言う。

予想外のことに目を見開いたクレアの体から、次の瞬間血の気が引いた。

マーサは、身なりに気を使う娘だった。たまの休みには街に繰り出して、入った給金を服や装飾品に費《つい》やしてしまうとも聞いた。特に美しい金髪は彼女の自慢で、多くの髪飾りを持っていた。

「聞くところによると、どうもレディ、あなたはマーサ嬢をいじめていたそうですな」

クレアが顔を青くして黙ったのを、事実を指摘されて怯《おび》えたからだと勘違いしたらしい子熊は、罪人を裁く裁判官さながらに高らかに言い放つ。いじめたことなどもちろんないクレアはぽかんとあっけにとられたが、そんなクレアに代わって子熊を怒鳴りつけたのは、左右を二人のメイドに支えられてようやく立ち上がったミセス・ペインだった。

「無礼な！　どこの誰がそんなことを言ったのです、根も葉もない中傷を……」

「本人ですよ。どうやらこちらを不当に解雇されて、次の職を懸命に探していたようですなあ。少し聞き込みしただけで、いくつも証言が取れましたぞ」

「な……」

その場にいた女たちは、揃って絶句した。確かにその死に衝撃を受けていたはずなのに、こうも後ろ足で砂をかけられては、怒りや呆《あき》れの感情まで湧いてきて、どう発露したらいいかわからなくなる。

女たちが困惑気味に視線を交わすのを、子熊はふんぞり返って見下ろしている。この反応こそが証拠だと言わんばかりに、自信たっぷりに口を開いた。

「聞けば、先月亡くなられた子爵令嬢とも親しい間柄だったとか。もしやそちらのご令嬢とも、何か面倒事がおありだったんですかなぁ」

「は……？」

胸に氷の塊《かたまり》が落ちてきたような気分だった。指先まで一瞬で冷えきって、クレアはぽんやりと子熊を見る。

（どうして？）

どうして、そうなるのだろう。どうして、そう簡単に決めつけて人を疑えるのだろう。にやにやと笑いながら、人の嫌がることを言えるのだろう。

うつろな怒りが胸に満ちる。どう言い負かしてやろう。どう打ちのめしてやろう。そんな思いばかりが浮かんで、頭がまともに働かない。

クレアがそんなことを考えているとは露とも思っていない子熊は、なおもペラペラと妄想のような推理を語り続けている。

「つまりあなたは、自分にとって目障《めざわ》りな女を殺し……」

「やかましい」

突然、子熊の語りに割って入った声があった。物騒な物思いから醒《さ》めたクレアは、はっと後ろを振り返る。

「デュラン……！」

唖然《あぜん》とするクレアを庇うように、デュランはクレアと子熊の間に入った。自身よりも背の低い子熊を睥睨《へいげい》して、ふんと鼻を鳴らす。

「その無礼な口を今すぐ閉じるんだな、フレドリック・リンドリー警部補。名誉棄損と不法侵入で訴えられたいか？」

　リンドリー警部補というらしい子熊はデュランを睨み返す。

「デュラン・コーディ！　貴様、また捜査の邪魔をしに来たのか！」

「逆だ、馬鹿《ばか》め。お前がおれの調査を邪魔しているんだ」

　デュランは傲慢《ごうまん》に言い放ち、喚《わめ》く子熊を無視してクレアに向き直る。

「クレア、この間抜けの言うことは真に受けなくていい。おれやヘイリーの邪魔をしたいだけだ」

「貴様らがいつもいつも我が物顔で事件に首を突っ込むからだろうが！」

　リンドリー警部補は子どものように地団駄を踏んで不満を訴える。デュランの乱入とリンドリー警部補の癇癪《かんしゃく》にすっかり怒りを削がれてしまったクレアは、どうしたらいいかわからずにふたりを見比べる。

　どうやら、かねてからの知り合いであるらしいことはわかった。それも、犬猿といっていい仲だということも。

「クレア、君はさっさと中に入れ。それを早く置いてこい」

　デュランが顎《あご》をしゃくって、クレアがコートの中にしまい込んでいる化粧箱を指す。それを見たリンドリー警部補の目の色が変わった。

「なんだ、それとは？　怪しいものじゃないだろうな。見せてみろ」

リンドリー警部補の太い腕がクレアに迫る。身をすくませたクレアにその腕が触れる前に、デュランが摑《つか》んで捻《ひね》り上げた。

「い、痛い！　何をする、貴様……」

「彼女に触るな、リンドリー」

低く、唸《うな》るようにしてデュランが警句を発する。額に脂《あぶら》汗を浮かべたリンドリー警部補が、驚いたように目を見開く。

「行け、クレア。構わないから」

デュランがリンドリー警部補の腕を捻りあげたまま再度促《うなが》すものだから、クレアは戸惑いながらも頷《うなず》いた。上司である警部補を押さえられて身動きができない警官たちの間をかき分けてホールに入る。

屋敷の中で不安顔をしていたミセス・ペインやメイドたちに迎えられ、足早にホールから自室へ駆け込んだ。

コートの内側から取り出した化粧箱を、そっとドレッサーの上に置く。蓋《ふた》を開けると、コンラッド子爵夫人に渡された時のまま、美しいミニバラのコサージュが行儀よく収まっている。それに傷も濡れてもないことを確認して、ほっと胸を撫《な》でおろした。

「様子を見てくるわ。これだけお願い」

そばに控えていた若いメイドに濡れそぼったコートと帽子を押しつけて、クレアは玄関ホールへ戻ろうとする。それを引き留めたのは、ミセス・ペインだった。

「いけません、お嬢さま！　相手は野蛮《やばん》なローレルスクエアですよ。ここはミスター・コーディにお任せしましょう！」

「いいえ、この屋敷の主人が対応すべきです。ミセス・ペイン、あなたは休んでいて。ニコラ、裏から出てお医者さまを呼んで。ミセス・ペインを診てもらってちょうだい。メラニー、それを片付けたらローレルスクエアへ行って、できる限りマーサのことを聞きだしてきて。家紋付きの指輪を持っていけば多少無理が利くでしょう。ふたりとも、雨なのにごめんなさい。お願いね」

クレアは矢継ぎ早に指示を飛ばし、返事も待たずに部屋を飛び出した。玄関ホールに近づくにつれ、リンドリー警部補の怒号が大きくなっていく。悪意と怒りに染まった怒号は肌を刺すような嫌な感じがする。クレアは緊張で速くなる鼓動をドレスの上からぎゅっと押さえて、勢いをつけて玄関ホールに飛び出した。

「貴様なんぞなぁ！　王太子妃殿下のご寵愛《ちょうあい》がなけりゃ豚箱《ぶたばこ》暮らしまっしぐらなんだぞ！　自分が身分の上にあぐらをかいてるってわかってるのか、ええ⁉」

ひときわ大きな声が、わんわんと玄関ホールに反響している。デュランはまだ雨が吹き込むポーチにいて、寒そうに両手をポケットに突っ込んで肩をすくめていた。

「おれの知ったことか。逮捕したいなら勝手にすればいい」

デュランはあくまで不遜《ふそん》に答える。その態度は常とまったく変わりがなく、目の前で怒鳴り散らすリンドリー警部補をまるで気にしていない。その態度が気に入らなかったのだろう。リンドリー警部補の顔がどんどん赤くなっていく。彼が連れてきた制服警官たちですら、戸惑いをあらわに顔を見合わせているほどだ。

「言ったな、貴様、言ったな！　捜査妨害で逮捕してやる、おい、手錠《てじょう》持ってこい！」

勝ち誇ったように笑い声を上げて、リンドリー警部補は部下に唾《つば》を飛ばす。制服警官が慌てて懐《ふところ》から手錠を取り出してリンドリー警部補に渡すのを、デュランは呆れたように見ていた。

「手錠くらい自分で持て。そんなだからいつまで経《た》っても警部補から昇進できないんだ」

「昇進できんのは貴様のせいだ！　貴様とラスが邪魔をするせいで！」

「言っただろう、邪魔してるのはいつだってお前だ。数分前の会話も覚えてないのか？」

「ええい、うるさい！　両手を出せ。逮捕だ逮捕！」

手錠の鎖をがちゃがちゃ鳴らしながら、リンドリー警部補が怒鳴る。しかし、デュランは身じろぎすらせずにリンドリー警部補を冷たく見下ろした。

「おれに手錠をかけても、豚箱に入るのはお前のほうだぞ。この屋敷の女主人はおれの味方だからな」

玄関ホールの入り口で乱入のタイミングを計っていると、デュランと目が合った。榛《はしばみ》色の瞳が、意地悪そうに歪む。

「は、何を！　あんな小娘に何ができる！」

クレアに背を向けている形のリンドリー警部補はクレアは逃げたものと思い込んでいるようで、デュランの言葉を鼻で笑った。

クレアはふたりの言葉が途切れた一瞬を狙って、かつん！　とわざと高く足音を響かせた。

「あら、試してみましょうか？　わたくしがあなたの上司に電話をかけたら、何が起きるか」

頬肉を揺らすようにして振り返ったリンドリー警部補に、にっこりと微笑《ほほえ》みかける。

「小娘は小娘でも貴族の娘ですわ。あんまり甘く見ないほうがよろしくてよ」

笑顔のまま、一歩ずつゆっくり近づいていく。リンドリー警部補は真っ赤だった顔を今度は真っ青にして、ぶるぶると震えている。肉厚の拳《こぶし》がぎゅっと握りしめられて、手の甲には筋が浮いていた。

「どいつもこいつも……どいつもこいつも、馬鹿にしおって……」

　血走ったリンドリー警部補の目がぎょろぎょろと動いて、クレアを睨み、デュランを睨む。そして、デュランを押しのけるようにして玄関ホールから出て行った。制服警官たちも慌ててそれを追いかけ、彼に傘を差しかける。

　リンドリー警部補は扉を出たところで一度振り返って、ぎらぎらと光る目で室内の人々を睥睨した。

「忘れるなよ。俺はお前たちを見張っているからな。少しでもおかしなことをしたら、すぐさま牢《ろう》にぶち込んでやる。貴族だろうが何だろうが、知ったことか」

　執念さえ感じるその様子に、クレアは怖気《おぞけ》がした。開け放たれた扉の向こう、けぶる雨の中に大きな背中が消えていく。

「人間なら扉ぐらい閉めていけ」

　リンドリー警部補と入れ替わるように玄関ホールに入ったデュランが、開けっ放しの扉を乱暴に閉める。分厚い扉に遮《さえぎ》られて、吹き込んでいた雨が締め出された。

　クレアは詰めていた息を吐き出し、両肩の緊張を解いた。とりあえず、直面した危機は去った。追い払ってくれたデュランにお礼を言おうと、彼のほうへ近づく。

「ありがとう、デュラン。助かったわ」

「どういたしまして……と言いたいところだが、恐らく謝罪すべきはおれだ。お察しのとおり、おれとヘイリーはやつに嫌われてな。どこかで君がおれたちに関わりがあると知って首を突っ込んできたんだろう」

「いったい何をしたのよ、あなたたち……」

あそこまで毛嫌いされるなんて、普通ではない。しかし、デュランは肩をすくめるばかりで何も答えようとはしなかった。


濡れねずみになってしまったデュランを客室のバスルームに押し込んで、クレアはほっと息をついた。ずっとポーチに立ったままだったデュランの体は、氷のように冷えきってしまっていた。クレアはその冷たさに気づいて悲鳴を上げ、慌ててメイドに湯の準備をさせたのだ。

「あとは着替えと、お茶と……。クレムのシャツでサイズが合うかしら。お父さまのを出すわけにはいかないわよね?」

「若様のシャツで問題ございませんでしょう。そう体格が違われるようにも見えませんし」

幸いなことに、屋敷のメイドたちに怪我はなかった。ミセス・ペインもしりもちをつきはしたが、駆けつけた医者の診察のうえ、特に問題なしとの診断が下された。今はもうぴんしゃんして、いつものようにクレアの補佐に回っている。

「ジュディスに言って、軽食も用意させてちょうだい。話しながらつまめるようなのがいいわ。朝はコンラッド子爵邸でいただいたけど、お昼がまだなの」

「はい、お嬢さま」

「ニコラは手が空いていて？　玄関の掃除を頼みたいのだけど」

「はい、すでに着手しております。ラナも一緒に」

「さすが、気が利くわね。じゃあ、ミセス・ペイン、あなたが着替えを手伝ってちょうだい。メラニーがまだ戻らないから手が足りないの」

「もちろんです、お嬢さま」

廊下をぱたぱたと速足で歩きながら、指示を飛ばす。エイベル伯爵家のタウンハウスに残ったメイドはたったの六人。マーサが抜けた今は、五人になった。ただオフシーズンを過ごすだけならなんとか生活できる人数だが、ここ数日ずっと異常事態が発生していて手が足りない。執事をはじめとする男手は母の指示によって一時郷里に戻されている。クレアの周囲から人をできるだけ遠ざけたいという母の思惑は重々承知しているが、今だけはそれを恨まずにはいられなかった。

雨で濡れた髪を乾かし、外出着から室内着に着替えて、クレアは再び自室を飛び出した。ちょっとした身支度の時間でさえ惜しい。書斎から筆記具を持ち出して、客室に入る。ミセス・ペインがお茶の準備をする横で、便せんにペンを走らせた。

「まさか、解雇の報告のすぐ後に訃報を書くことになるなんてね……」

詳細はまだわからない。ローレルスクエアに向かわせたメラニーがまだ戻っていないからだ。なので、書けることだけ書いていった。マーサがリーヴァイに残ろうと仕事を探していたこと。経緯はわからないが、パール広場で亡くなったこと。マーサが前職場の悪評を吹聴《ふいちょう》し、その結果、クレアが疑われていること。書き続けるうちに、なんだか笑いが込み上げてきた。

「ああ、お父さま、お母さまに黙っていてくださるかしら。こんなことお母さまに知れたら、私、どうなるかわからないわ」

厄介者《やっかい》の娘がローレルスクエアにまで目をつけられたなんて、あの気が細い母が耐えられるとは思えない。いよいよ修道院に入れられるか、家に軟禁されるか、ふたつにひとつだろう。そう思うと、不安で押しつぶされそうになる。それでも打てる手はなくて、クレアはただ震える手を押さえて文字を綴《つづ》る。そんなクレアを、ミセス・ペインは痛ましそうに見つめていた。下手《へた》に慰めることも、無責任に励ますこともできず、ただ紅茶の準備を進める。

「何を辛気臭い顔をしているんだ」

後ろから急に声をかけられて、クレアは大きく飛び上がった。見れば、クレメンスのシャツを着たデュランがじっとクレアを見つめていた。シャツのサイズが合わなかったのか、袖口《そで》のボタンをはずしてまくり上げている。

「びっくりした……いつの間に上がったの？」

「今。……なんだ、これは」

驚きでどきどきする胸を押さえたクレアの目の前から、父に宛てた手紙が消える。デュランが取り上げたのだと気づいて、慌てて手を伸ばした。

「ちょっと、返して！」

「父君への報告書か。ひどい文章だな」

「なっ……ほっといてよ！」

デュランはクレアに取り返されないよう高く掲げて手紙を読んでいる。

「これは報告しなくていい。ここも、ここも、ここもだ。報告書なら君の主観は必要ない。あったことだけを報告しろ」

クレアの手からペンさえ奪い取って、デュランは次々と便せんに線を引いていった。あっという間に黒く塗りつぶされてしまった報告書に、クレアはぎょっと目を見開く。それでも、デュランはお構いなしだ。

「なにをするのよ。主観じゃなくて事実だわ。報告は正確性が何より大事でしょう、なのに隠匿《いんぺい》するようなことを……」

「君、これが事実だと思っているのか？」

デュランはクレアの横に腰を下ろして、二重線で消された一文をペン先で示した。

「〝マーサの死にはわたくしの解雇宣告も影響していると思われます〟？　本当にそう思っているのか？」

詰問する形のデュランの口調に、クレアは狼狽《うろた》える。

「だって……そうでしょう。私があの子を解雇しなければ、あの子は夜のリーヴァイをうろつくこともなかった。今もこの屋敷で過ごしていたはずだわ。きっと死なずにすんだ」

マーサの執念を侮《あなど》っていた。行き場をなくせば、すぐに実家に帰るものだと思っていたのに、彼女はリーヴァイに留まり続け、その結果命を落とすはめになった。クレアがもう少し柔軟に――あるいは強硬に対応すれば、事態は変わっていた可能性は十分ある。

そう主張するクレアに、デュランはため息をついた。

「うぬぼれるな」

短く吐き捨てられた言葉に、クレアは絶句する。

クレアが何をうぬぼれていると言うのだろう。マーサはエイベル伯爵領の出身者で、クレアのメイドだった。その人生に責任を持つのは、クレアにとって当然のことに思えた。

「貴族としての責任感が強いのは立派なことだが、君のそれは妄信《もうしん》的すぎる。死者を見る目のせいか、流布《るふ》する噂《うわさ》のせいか……あるいは母君のせいかは知らんが」

デュランの言葉に息を呑《の》んだのは、ミセス・ペインだった。それまで気配を殺して見守っていた忠実な家政婦は、手に持っていたティーポットを取り落とし、それは銀盆の上に落ちて派手な音を立てた。デュランはちらともそれを確認せず、クレアに視線を注ぎ続けている。

「君は他人の人生を背負い込みすぎだ。君はそこまで頑健でも器用でもないだろう。自分の器《うつわ》を過信してうぬぼれるな。マーサをひとりの人間として認めてやれ。君に背負ってもらわなくたって、自分の始末は自分でつける」

「でも……」

そのマーサは、死んでしまったではないか。

マーサの死が、どうしてもクレアの心に重くのしかかる。つい先日まで、この屋敷で暮らしていたのだ。まだ若く、活気に満ちあふれた少女だった。若さゆえに短慮なところはあったが、それも死ななければならないほどではなかった。彼女がもう肉持たぬ体になってしまったことを、自分とは無関係だと切り捨てることが、クレアにはどうしてもできなかった。

「君は悪くない」

デュランは断固とした口調で、そう言い切った。

「誰が……例えば君の母君や父君が君をどう断じようと、君は悪くない。マーサは職場の規律を破った。その上、それを隠して君たちを悪く言うことで自身を正当化しようとした。そこに君の責任は……あるとしたら、彼女を忠実なメイドとして教育できなかったことだが、そもそもそれはまだ君の仕事じゃない。君の母上や、家政婦の仕事だ。だから、こう思っていればいい。何よ、タウンハウスの管理を放り出したくせに、今更口を出さないで！」

突然デュランが妙に高い声で喋《しゃべ》りだしたものだから、クレアは噴き出してしまった。噛《か》み殺しきれない笑いに震えながら、両手で口を押さえる。

「ちょっと……なぁに、それ？　私の真似？」

「そうだ。似てなかったか？」

「似ててたまるもんですか。もう、急にふざけないで」

すっとぼけて首をかしげるデュランに、クレアの笑いはますます止まらなくなる。肩を震わせ、くすくすと笑い声を漏《も》らす。

それを見て、デュランは目を細めた。

「それでいい」

デュランの指が伸びてきて、くすぐるようにクレアの頬を撫でる。

「しかめっ面《つら》も悪くないが、笑っているほうが気分がいい。ずっとそうしていろ」

「……どうも」

すいと頭を反らして、クレアはデュランの指から逃れた。面白そうにクレアの様子を窺《うかが》っているデュランを無視して、クレアはデュランに添削された報告書に向き直った。クレアが自罰的に書いた――デュランに言わせればクレアの主観――部分はすべて消されて、事実のみを淡々と羅列《られつ》する構成に直されている。確かにこちらのほうがわかりやすいが、ことなかれ主義の父好みの文章とは思えなかった。

(君は悪くない)

複雑ながら、デュランの言葉に背を押されるようにして、クレアは改めてペンを握った。

なぜか隣に陣取ったままのデュランに添削され続け、やっと合格点が出た時、部屋のドアがノックされた。入室を許可すると、額を雨と汗で濡らしたメラニーが転がり込んできた。

「お嬢さま、遅くなりまして申し訳ありません。ただいま戻りました」

「ああ、メラニー。おかえりなさい、世話をかけたわね。疲れたでしょう」

コートの裾《すそ》まで水浸しになったメラニーは、ここまで駆け上がってきたのだろう、息を切らしていた。チェアから立ち上がったクレアは、その肩を抱いて労をねぎらう。

「こんなに冷えてしまって。まずは着替えてらっしゃい。風邪をひいてしまうわ」

「ありがとうございます、お嬢さま。でも、お嬢さまにご報告したいことがあって……」

亜麻《あま》色の髪を顔に貼りつけたメラニーは、戸惑いの視線を背後に向けながらそう言った。それを不審に思ってメラニーの背後に目をやると、そこには栗《くり》色の髪をびっしょり濡らしたヘイリーがのっそり立っている。

「まあ！　あなた、ヘイリーと一緒に帰ってきたの？」

「申し訳ありません。ちょうどスクエアを出る時に一緒になって、そのまま……」

「彼女を叱らないでやって、クレア。なかなか馬車が捕まらなくてね、ひとり一台っていうのは難しい状況だったんだ」

もちろん、クレアにメラニーを責めるつもりはない。しかし、マーサが解雇されたあらましを知っているメラニーは、よほど恐ろしいのか、青くなった唇を震わせてクレアに哀願の視線を向けている。

「今度は君のことを聞きだすような真似はしていないから……神に誓って」

おどけたように、ヘイリーが助け船を出す。クレアは苦笑して、メラニーの肩を優しく叩いた。

「そう不安がらないで。大丈夫よ、彼とは協力することになったの。さ、早く着替えて、温まってらっしゃい。報告はそれからでいいわ。さあ」

クレアに促されて、メラニーは今来た廊下を戻り始めた。何度か不安そうにクレアを振り返っては、眉根を寄せている。

「ヘイリー、あなたもずぶ濡れだわ。湯と着替えを準備させるから、それまで暖炉のそばにいらっしゃいな。少しでも体を温めて」

「ありがとう、助かるよ。そこの朴念仁《ぼくねんじん》は人使いが荒くてね」

ヘイリーは肩をすくめて、革の鞄から油紙の包みを取り出した。

「ほら、お前ご所望の資料。感謝しろよ、資料室係叩き起こして手に入れたんだからな」

いつの間にヘイリーと連絡を取っていたのだろう。クレアの疑問の視線に応《こた》えるように、デュランが肩をすくめる。

「子爵邸を出発する前に、小僧に電報を頼んだんだ。思ったより遅かったな」

「名前しかわからない娼婦《しょうふ》なんか、そう簡単に探し出せるはずないだろ」

ヘイリーに突きつけられた包みを、デュランは眉ひとつ動かさずに受け取った。クレアが茶器を動かして作った机上のスペースにそれを置き、ゆっくりと油紙を剝がしていく。

そこにあったのは、数枚の紙と写真だった。反対から見ているクレアにはそれが何かの書類だということしかわからず首をかしげたが、デュランはその内容が不服だったようで、ぐっと眉間《みけん》のしわを深くした。

「これだけか？」

短く発せられた不機嫌な言葉に、ヘイリーは肩をすくめる。

「これだけだ。むしろこれだけの資料があったことに驚け。きちんと娼館に登録されている娼婦ならまだしも、市井《しせい》に散らばったフリーの娼婦なんて……っと、悪い。女性の前でする話じゃなかった」

あの、物にあふれた事務所で話している気分だったのだろう。言葉の途中で、ヘイリーはクレアに気づいたように言葉を止めた。

「いいの、今は気にしないで。ねえ、これ、ヴァイオレットさんの資料？……もう、亡くなってるの？」

クレアはそう言って、資料に目を落とした。上下反対向きになった文字をよくよく見れば、黒々としたインクで、名前や性別、地名などが書き込まれている。書類の頭に当たる場所には、死亡報告書、とそう書かれていた。

ヘイリーはため息ひとつついて、観念したように頷いた。

「そう。ヴァイオレットと呼ばれていた女性。本名は不明。去年の春先、パール広場で倒れているのが発見された。足を滑らせて転落したんだろうってことで片付けられてたんだけど、客の中に貴族がいるって噂がある娼婦だったものだから、一応、形ばかりの捜査はしてたんだ。そこにあるのがその時の資料。やっぱり事件性はないってことで、早々に打ち切られたみたいだけど」

ため息交じりの声は疲れきっていて、たったこれだけの資料を手に入れるために彼がどれだけ苦心したかが読み取れる。

リーヴァイの街は豊かだが、その恩恵を受け取れない人間も多い。貧困の中であえぎ、息絶えていく人々を、クレアは教養として知っていた。貴族のたしなみとして救貧院に足を運び、彼らの世話をしたことさえある。だが、こうして目の前に死者として資料を提示されてしまうと、やるせない気持ちになる。人ひとりが生きて死んだというのに、たった数枚の紙に収まってしまうのだ。

「ひどい状態だな。本当に彼女で間違いないのか」

すべての写真を手に取って確認していたデュランが、眉をひそめてそう言った。クレアからは写真の裏側しか見えず、彼の言うひどい状態がどんなものなのかわからない。

「十年以上野良やってたらどんな美人でもそうなるさ。資料室係にさんざん嫌味言われながら調べたんだぞ。間違っててたまるか」

ヘイリーは肩を落として自身の苦労を訴えたが、デュランは聞く耳を持たないようだった。そんなものか、と呟きながら、写真を矯《た》めつ眇《すが》めつ見ている。それに文句を言おうとヘイリーが口を開いた時、軽いノックの音と共に、メイドのラナがひょこりと半開きの扉から顔を出した。亜麻色の髪をおさげにした少女だ。彼女もまた、クレアが自領から連れてきたメイドだった。

「失礼いたします。あの、お湯とお着換えの準備ができました」

ラナは主人であるクレアと着替えが必要なヘイリー、どちらに声をかけたものか悩むように視線を彷徨《さまよ》わせている。クレアは小さく苦笑しながら、不慣れなメイドに助け船を出した。

「ありがとう、ラナ。ヘイリー、あの子が案内するからついていってちょうだい」

「わかった。よろしく、ラナ」

ラナはクレアの指示にほっとしたように笑った。しかし、すぐに至極まじめな表情になって、ヘイリーを先導して部屋を出ていく。

「ここでメイドの育成学校でもしてるのか？」

微笑ましい気持ちでラナを見送っていたクレアに、デュランの揶揄《やゆ》するような声が飛んできた。先ほどの、ラナがどう対応するか困っていたことを言っているのだろう。彼女のふるまいは伯爵家のメイドにふさわしいとは言えず、また以前訪れた時のマーサも、相応のふるまいはできていなかった。

「いいのよ、あれはまだ。普段は奥の仕事をしている子たちだもの。むしろ接客の真似事をさせて申し訳ないわ」

エイベル伯爵家、というよりクレアには、社交シーズンでもないのに訪ねてくる友人などいない。それもあってごく少数の奥向きのメイドだけ残し、あとは領地のカントリーハウスに引き上げているのだが、ここ数日は来客が多くて辟易《へきえき》してしまう。専門外の仕事をさせられているメイドたちもたまったものではないだろう。

「お優しい奥様なことだ」

タウンハウスを預かる身で不測の事態に陥《おちい》っているクレアを皮肉って、デュランは写真を裏向きにして机に置いた。代わりに死亡報告書を取り上げて、写真と同じように熟読し始める。これでは、クレアは写真を見ることができない。つ、とクレアの手が写真に伸びた。

「あ、バカ、見るな……」

デュランの制止は間に合わなかった。クレアは写真の一枚を引き寄せ、捲《めく》ってしまっていた。

そこに写っていたのは、痩《や》せ細った女の顔だった。こけた頰や異様に細い首、土気色の肌に淡い金のざんばら髪がまとわりついている。くぼんだ眼窩《がんか》は生気を欠片《かけら》も感じさせない。ただ、濁った灰色の瞳が、もつれた前髪の間からこちらを見上げている。ひび割れた唇の隙間から覗《のぞ》く歯は黄ばみ、何本か失ってさえいるようだった。

「うっ……」

ぐわん、と視界が歪んだ。まっすぐ座っていられずにずり落ちそうになる体を引き留めようと、肘《ひじ》置きを摑もうとする。クレアの手から落ちた写真が、ひらりと床に落ちた。浅い呼吸が漏れたクレアの鼻先に、ふっと生臭い刺激臭が漂う。

「お嬢さま！」

それまで影のように控えていたミセス・ペインが悲鳴を上げた。咄嗟《とっさ》に伸ばした手はクレアの肩を摑んだが、引き留めることはできずに一緒に引きずられる。ミセス・ペイン諸共《もろとも》床に激突しそうになったクレアの体を、デュランが支えた。

「バカ、何のためにおれがわざわざ裏返したと思ってる。死体の写真なんて見るものじゃない！」

慌てたようなデュランの声に、クレアは首を横に振ってみせた。

死体ならば、ある意味見慣れているものだ。クレアの目に映る幽霊は、必ずしも綺麗《きれい》な姿をしているわけではない。

「私……この人、知ってる」

震える声で、クレアは言った。デュランを見上げるクレアの顔は血の気が失せて青白く、怯《おび》えるような表情をしている。まるで、クレア自身が幽霊になってしまったかのようだった。

「パール広場で……助けてって……」

クレアの言葉足らずの説明を、デュランは理解できない。しかし、自分の思考を嚙み砕いて説明するだけの余裕を、今のクレアは持たなかった。たすけて、たすけてと繰り返していた女の声がクレアの耳に蘇《よみがえ》る。

あの日、死んだ娘を見るクレアに気づいて、彼女は何を思ったのだろう。どんな思いでクレアに手を伸ばしたのだろう。どんなに必死で、クレアに縋《すが》りついて伝えたのだろう。ただ「たすけて」と、それだけを。

クレアは書斎で大きくため息をついた。目の前には、メラニーからの報告を書きとったメモがある。

ひとまず落ち着こうと、ミセス・ペインが淹《い》れてくれたばかりの紅茶に手を伸ばす。

「やはりリンドリーが勝手に暴走しただけか。まったく、短慮が過ぎて嫌になるな」

紅茶片手にメモを覗き込んだデュランが、そう言って鼻で笑った。

「どうしてあなたが我が物顔でここにいるのよ……」

本来ならば、ここは屋敷の人間しか入れない領分だ。外はまだ大雨だからと滞在を勧めたのはクレアだが、なぜ当然のようにここまで入り込んでいるのか。

クレアが冷めた目を向けても、デュランはどこ吹く風で紅茶をすすっている。

「諦《あきら》めたほうがいいよ、クレア。俺の家もいつの間にか上がりこまれて、いつの間にか事務所にされてたからね。そういうのが得意なやつなんだ」

「あなただって上がり込んでいるじゃないの、私の書斎に」

デュランに便乗していつの間にか書斎にいたヘイリーを、クレアは冷たく睨む。ヘイリーは慌てた様子で、クレアの前にあるメモを指さした。

「飛び降り自殺、だってね？　そんな子には見えなかったけどな」

「……そうね」

マーサは本当に、パール広場の階段の下で倒れているところを発見されたそうだ。元雇用主であるエイベル伯爵家に疑いを向けているのはリンドリー警部補をはじめとする一部だけで、ローレルスクエアとしては解雇を理由とした衝動的な自殺、として片付けるつもりらしい。今朝の襲撃についてはメラニーが苦情を入れてくれたそうだから、今頃リンドリー警部補は上司に絞られていることだろう。

「マーサは良くも悪くも前向きな子だったし……それに、牧師さまの娘よ。自殺の罪についてよく聞かされてる。そんな子が、いくら追い詰められたからって、自殺を選ぶかしら」

彼女を昔から知っているクレアからしてみれば、自殺という結論は納得できない。かといって、殺されるような心当たりもない。事故の可能性だってある。夜遅くまで職探しで歩き回って、気づいたら陽《ひ》が落ちていて、足元の悪い中、滑り落ちたのかもしれない。けれど、それも断言はできない。

「アネット嬢と同じだな。自殺としか考えられない状況だが、自殺とは断じがたい。かといって他殺とも言い切れない」

難しい顔で、デュランが言った。クレアも頷く。

「髪の色も同じよ。金髪《ブロンド》……色合いはだいぶん違うけれど、ふたりとも金髪だわ」

「ふたりじゃない」

デュランが唸るようにしてクレアの言葉を否定した。クレアを見つめながら。

「ヴァイオレットもそうだ。彼女も娘と同じ、金髪だった。……ヘイリー、この雨はいつから？」

「昨日の晩から。一時弱まったけど、ずっと降り続けてる」

カップを置いたデュランの指が、ヘイリーの持ってきた資料に伸びる。ちゃっかり書斎に持ち込んでいるあたり、デュランは本格的にここを拠点にしようともくろんでいるようだ。

「調書を見る限り、ヴァイオレットが死んだ夜も雨が降っていた。ちょっと調べただけでも三人、金髪の女が雨の夜にパール広場で転落死している」

三人。多いとも、少ないとも言い難い。偶然というには条件が似通っているし、花売りの少女の言葉もある。だが、事故の多い階段だ。雨の夜ともなれば、事故の確率は跳ね上がる。それを思うと、悪いほうへ考えすぎている気もする。

書斎に沈黙が落ちる。どうにか真相を突き止めたいが、肝心《かんじん》の調べるものも調べ方もわからない。

沈黙を破ったのはデュランだった。

「とりあえず、クレア。君はパール広場に近づくな」

「え？　どうして……」

パール広場に近づかなければ、アネットの様子が探れない。地下にいるという得体のしれないものの正体だってわからないままだ。

そう主張するクレアに向かって、デュランは自分の赤い頭を指さした。

「自分の髪の色も忘れたのか？　君もそうだろう。……金髪だ」

卓上に置いた蠟燭《ろうそく》の火が微《かす》かに揺れる。クレアの鮮やかな金髪が、その光を受けてきらりと光った。


夕食を終え、クレアは今日何度目かもわからないため息をつきながら自室に戻った。

デュランはもはやクレアを屋敷から出さないと言わんばかりの強硬さを見せていた。いつの間にかミセス・ペインを説得し、滞在の許可をもぎ取るほどだ。今朝の襲撃で男手の重要さを思い知っていたミセス・ペインにとって、デュランの申し出はこれ以上ない誘惑だっただろう。

「突然なんなのよ、もう……。昨日まで、こちらの事情なんて知ったこっちゃないって態度だったくせに……」

ため息とともに自室に戻ったクレアは、机の上にあるものに気づいて眉をひそめた。

青い封蠟《ふうろう》が押された、手紙だ。

クレア宛てに来た手紙はすべて、クレアの書斎に運ばれる。両親やクレメンスに宛てられた手紙も同様に、それぞれの書斎へ行く。ここに、手紙の類《たぐい》があるはずがないのだ。

不慣れなメイドばかりだから手違いが起こったかとも疑ったが、それにしてもおかしい。この屋敷に戻った直後、クレアは一度、この部屋に戻っている。その時にはこんな手紙は置かれていなかった。その後、郵便屋が来たのだろうか。だが、もともと少ない郵便物が、こんな天気の日に届くなんてことがあるだろうか。

不審に思いつつも、クレアは手紙を手に取った。封蠟には本と剣があしらわれている。誰かの紋章のように見えるが、クレアには覚えがない。差出人の署名はないようだ。

封を切って、便せんを開く。ふわりと甘い、頭が痺《しび》れるような香がクレアの鼻をくすぐった。

　こんばんは。よい夜ですね、まるで誰かが泣き叫んでいるよう。

手紙は、そんな書き出しで始まっていた。

　アネット嬢の死の捜査について、進捗《しんちょく》はいかがでしょう？　そろそろ手詰まりになった頃でしょうか。死因の調査って、ある程度順調に進んでも突然手がかりが途絶えてしまうんですよね。困ったことです。

　読み進めるごとに、クレアの眉間のしわが深くなっていく。丁寧な言葉遣いと砕けた言葉遣いが入り交じっていて、ひどく読みづらい。文字も子どもが書いたように大きかったり小さかったりまちまちで、読みにくさを助長していた。

「……なんなの、これ……」

　クレアはそう呟いたが、読むことをやめはしなかった。差出人も、どうやって届けたかもわかっていない。それでも、アネットの名前が出た以上、読み続ける以外の選択肢《し》はなかった。


健気で特別なクレア様に免じて、犯人についてひとつ情報をお教えしましょう。

今夜、パール広場までおひとりでおいでください。お待ちしております。

親切な隣人より

何とか最後まで読みきって、クレアはひとつの単語に視線を注いだ。

「犯人……」

犯人が、いる。少なくともこの手紙の主は、そう言っている。敵か味方かわからない差出人だが、こんな回りくどい方法で接触を図るくらい、慎重な人物なのかもしれない。

クレアは窓の外を見た。雨はまだ降り続けている。金髪の女。雨の夜。パール広場。これ以上ないくらい、条件は揃っている。

「……でも、事故かもしれないわ」

気をつけて行けば、きっと大丈夫。そう自分に言い聞かせて、クレアは自室を飛び出した。

クレアは、たったひとりで夜雨《よさめ》に沈んだパール広場へと足を運んだ。

夜のパール広場は、昼間と違って活気の欠片もない、静謐《せいひつ》ささえ感じる場所だった。雨の夜とあっては散歩に興じる人もなく、ただ雨音が支配している。本来ならば、月明かりに照らされて白い石畳《だたみ》がより映えるようになっているのだろう。雨雲に月を隠された今、石畳は水たまりだらけのなんの変哲もない広場になってしまっている。

大階段の上で、クレアは周囲を見渡した。朝に比べてだいぶん雨脚は弱まったとはいえ、未だ周囲の様子がはっきりわからない程度には天候が悪い。あの手紙の差出人は、本当にこんなところでクレアを待っているのだろうか。

知らず、クレアの呼吸が荒くなっていく。低い気温に冷やされ、緊張と不安に襲われた体は硬直している。見回しても見回しても、人はおろか、いつも見えている幽霊の姿さえ見えない。常にだれかを視界に収めてきたクレアにとって、それは異常事態だった。

「レディ・クレア」

心細さに体を震わせた時、誰かがクレアの名前を呼んだ。まるで耳元で囁《ささや》かれたようなその呼びかけに肩を跳ねさせ、クレアは声のしたほうを振り返る。

クレアの背後、大階段を三段ほど下ったところに、黒いローブの人影があった。確かにすぐ近くで囁かれたと思ったのに、いつの間にそこまで移動したのだろう。

跳ねる胸を押さえて、クレアはじっと黒いローブの人物を観察した。体全体をすっぽり覆《おお》う、黒いローブ。細い顎と、緩く笑んだ口元。以前、クレアに声をかけてきたローブの人物と同一人物のように思えた。

ローブの裾が不気味に揺れて、白い手が現れる。クレアにその手を差し出して、ローブの人物は笑った。

「こちらへ」

なんてことない、至って普通の言葉だ。それなのに、クレアの肌はぞわりと粟立《あわ》った。この手を取ったら、何か不吉なことが起こる。そんな気がしてならない。

（でも……）

クレアがこれからしようとしていることは、ひどく愚《おろ》かなことだ。そんなことは重々承知している。けれど、目の前の人物がアネットを殺した犯人を知っているというのなら
――クレアには、その手を取る以外ない。

クレアの右手がゆっくりと伸ばされて、白い手に重なる。その瞬間、ローブの人物の口元が、いびつな笑みを描いた気がした。

右手に、鈍い痛みが走る。何が起こったのかわからなくて、クレアの口からは悲鳴すら

出なかった。ただふわりとクレアの爪先《つまさき》が階段を離れて、眼前に白い階段が迫る。ローブの人物に思いきり手を引っ張られたのだと気づいた時には、もう遅かった。手を伸ばしても、届く範囲に摑まれるものなどない。

驚くほどあっけなく、クレアの体は宙に浮いた。まさに、クレアが見た、アネットが階段を転げ落ちるその始まりの場面と同じ体勢で、クレアは身を躍《おど》らせようとしている。

(こうやって……)

こうして、アネットも死んだのだ。抗《あらが》えない理由で呼び出されて、腕を引かれ、殺されたのだ。嘲笑《あざわら》うような笑みを浮かべた、ローブの人物に。

恨めしい。悔しい。クレアの胸中を満たしたのは、そんな思いだった。クレアのほかに幽霊が見える人物を、クレアは知らない。ようやく真相に気づいたのに、このまま死んでしまう。誰にも、真相を伝えられないまま。

「――クレア!」

突然、雨音を切り裂くようにして誰かがクレアの名前を呼んだ。襟首を後ろから摑まれて息が詰まるのと同時に、眼前に迫っていた階段が遠ざかっていく。

弧を描くようにして大階段の上に戻されたクレアの体が、誰かに抱きすくめられる。咄嗟にそれを押しのけようとしたクレアの目に、濡れそぼった赤い髪が映った。

「しっかりしろ、クレア！　大丈夫か⁉」

　端整な顔を歪めたデュランが、必死に声を上げていた。榛色の瞳はクレアの体に異常がないか、あちこちに視線を飛ばしている。

　クレアの顔が階段に打ちつけられるその一瞬前に、デュランの腕がクレアを引き上げたのだ。彼は片腕にクレアを抱え、もう一方の腕で手すりの脚をしっかりと掴んでいる。

「デュラン……？」

「ああそうだよ、この馬鹿が。ここには近づくなと言ったのに何をしている？　君がそんなに馬鹿だとは思わなかった」

　矢継ぎ早に罵倒《ばとう》されて、目頭《めがしら》が熱くなる。そんなこと、言われなくてもわかっている。どれだけ愚かな行動をして、どれだけ迷惑をかけたかなんて、重々承知している。それでも、クレアには動かずにはいられない理由があった。

「わか、わかってるわよ、馬鹿なことしたなんて。でも、だって、仕方ないじゃない。どうすればよかったのよ。こうするしか……」

「相談すればよかったんだ」

　デュランは、腕の中のクレアを痛ましそうに見つめながら、そう言った。

「すぐにでも手紙をおれたちに見せて、どうすればいいか話し合えばよかった。クレア。

君はひとりじゃないんだから」

ぽかんとして、クレアはデュランを見上げた。

相談すればいい、なんて言われたのは初めてだった。決断は自分ひとりでするもので、行動の責任は自分がとるものだ。そう教えられてきたクレアは、いつもそれを実践《じっせん》してきた。だから先ほども、ただ自分の義務が果たせないのが悔しかった。

それなのに、デュランはまるで当然のことのように相談しろと言う。

「……ごめん、なさい……」

自然と、口から謝罪の言葉がこぼれ出た。

「ありがとう……助けてくれて……」

デュランの手が、クレアの頭を自分の肩口に抱き寄せた。自分の体にもたれかからせるようにして、全身でクレアを抱きしめる。

「無事でよかった」

雨に濡れた服の向こうに、デュランの体温を感じる。耳元で彼の心臓が早鐘を打っているのがわかって、クレアは自分が九死に一生を得たのだと自覚した。

「まあ、素晴らしい。まるで叔母さまとフェルモ王子の恋物語を見ているようですね」

雨の中、それでも聞こえる、低くも高くもない、女とも男とも言い難い声。その声で、クレアは我に返った。デュランに預けていた頭を持ち上げ、周囲を見回す。それはデュランも同じだったようで、抱えていたクレアの体を離して、立ち上がるよう促した。

「そう怖いお顔をなさらないで。僕、怖いのきらいなんです」

声は、大階段の下から聞こえてくるようだった。デュランと視線を交わし、頷きあう。お互いを支えながら、そっと広場を見る。

黒いローブの人物は、大階段の下、パール広場の石畳の上に立っていた。まっすぐ背筋を伸ばして、自分に非など一切ないという、堂々たる態度だった。

「あれが君をおびき出したやつか？　誰だ」

「わからない。ただ、前に、この広場で声をかけられたことがあるの。私が見えているものが、わかっているみたいだった」

夜雨とクレアの体に隠されて、デュランはローブの人物までは見えていなかったようだ。デュランの問いにクレアが答えると、デュランは階段下を睥睨して口を開いた。

「お前、何が目的だ。貴族令嬢やら娼婦やらを殺して何を企《たくら》んでいる。言え」

デュランの声が、広場に響き渡る。反論を許さない、断固とした響きを持っていた。

真横にいるクレアが震えあがるような怒りを込めた声に、それでもローブの人物はころころと笑い声を上げる。

「ずいぶんと性急な方ですね。まずは自己紹介が先でしょう？　お初にお目にかかります。僕のことは、そうですね、キャロル……そう、キャロルとお呼びください。キャロル・サムズ。パンと葡萄酒《ぶどう》によって造られた、この身の名前です」

ローブの人物は胸に手を当て、美しく一礼してみせた。そうしてフードに手をかけ、肩に落とす。

現れたのは、地味な顔立ちの女の顔だった。そばかすの散る白い肌と、ブルネットの豊かな髪。ただ大きな金色の瞳だけが、夜雨の中で爛々《らんらん》と輝いている。

デュランが、ふんと鼻を鳴らした。

「どうでもいい。知りたいのはお前の目的だけだ。さっさと白状しろ」

「目的、だなんて。大したものではありませんよ。あるべきものを、あるべき場所へ。僕が考えていることなんて、そんな些末なことにすぎません」

「人の命を手にかけてまで成そうとすることが些末だと？　ふざけるのも大概にしろ、極悪人。それが本当ならすぐ絞首台に送ってやる」

デュランの言葉にも、キャロルはただ穏やかな笑みを浮かべただけだった。あまりにも優しい、日常的なその笑みに、クレアはぞっとする。

彼女はたった今、クレアを殺そうとしたばかりだ。それなのに、少しの動揺も、気分の高揚さえ見せず、至って普通の態度を貫いている。それは、あまりに人間離れしている。なんとかキャロルから動揺の色を見いだせないかと、クレアは目を凝《こ》らす。少しでも、彼女に人間めいたところを見つけたかった。そうして、気づいた。

キャロルの一歩後ろに、灰色の輪郭《りんかく》を持つ幽霊が、いる。

「デュラン……」

未だキャロルと睨みあっているデュランの袖を引く。デュランは一瞬クレアのほうに目を向けて、クレアが見つめている一点に視線を移動させた。

「アネット嬢か？」

自分には見えないその場所にいる人物を、デュランはそう推理したようだった。しかし、クレアは首を横に振る。

それは、ドレスを着た女だった。金に近いが、オルランド王家特有の白金髪を高く結い上げ、真珠やオパールなど、白を基調とした宝石で飾っている。レースの襟を高く立て、襟もとを台形に仕立てて白い胸元と細い首を強調するデザインは、今から八十年ほど前に流行したデザインだ。榛色の瞳は優しそうに和《なご》み、桃色の唇は緩やかに弧を描いている。唇の右端には、羽根ペンの先で突いたようなほくろがあった。

彼女は微笑みながら膝《ひざ》をつき、階段下に倒れた女の幽霊の金髪を撫でていた。

「パール王女……」

呆然《ぼうぜん》とクレアが呟いた言葉に、デュランが目を見開く。反対に、キャロルは嬉しそうに微笑んだ。

「ああ、なんと喜ばしいことでしょう。レディ・クレア、あなたはやはり僕の王国の国民にふさわしい。さ、おいでなさい。ともに行きましょう。さあ、こちらへ」

キャロルは再び、クレアをエスコートするように手を差し伸べた。体を硬直させたクレアを、デュランが庇うように抱き寄せる。

「何をわけのわからないことを。彼女はこのオルランドの国民だ。誰がお前のような輩《やから》にくれてやるものか」

デュランがそう切り捨てたとたん、キャロルの顔から表情が抜け落ちた。ただ金色の瞳が、まるで得物を狙う獣《けもの》のようにクレアとデュランを見据えている。

「死者を見る目を持つ者が、生者の国でまともに息ができるとお思いか」

声までもが表情を失って、無機質な冷たさを纏《まと》う。その冷たさは、まるで実体を持つかのように、クレアの足元に忍び寄る。

「どれだけのものが彼女から奪われたか。どれだけのものを彼女が諦めねばならなかったか。あなたはご存じないでしょう。想像もできないでしょう。彼女は僕の国にこそふさわしい。僕が統《す》べる、死者の国にこそ」

キャロルが何を言っているのか、クレアにはさっぱりわからなかった。けれど、首を横に振るだけの力はなかった。奪われたのも、諦めたのも、事実だった。

クレアがうなだれたその時、クレアを抱くデュランの手に強く力が込められた。

「やかましい」

キャロルを一喝《いっかつ》するその声には、迷いなどひとつもなかった。

「お前の乏しい想像力とおれを一緒にするな。死者の国だと？　くだらん。クレアもおれも生きている。おれたちが生きるのは生者の国だ。おままごとがやりたいのならひとりでやれ」

雨を切り裂くようにして、デュランの大音声《だいおんじょう》が響く。びりびりと響くその声は、不思議と腹の底から活力を生み出すような、そんな力を与えてくれた。

キャロルの金色の瞳が細められる。侮蔑《ぶべつ》に満ちた視線をデュランに向け、睨みつける。

「そのお言葉そのものが想像力の欠如を表していますよ。僕のことをくだらないと切り捨てるその浅慮さは、あなたの傲慢そのものだ」

「そうか。人の命を勝手に奪って、人の居場所を勝手に決めるお前の態度こそが傲慢だとおれは思うがな」

「生きづらい場所で生きてどうなるというんです？　我慢を強《し》いられ、唇を嚙んで耐えて、その先に何がある？　何もない。それなら、僕の王国にご案内したほうが幸福を得られる」

「死して得る幸福があると？　それこそくだらない。一度失えば二度と得られないものを手放させておいて、何が幸福か」

睨みあい、言葉をぶつけあうふたりの間に入れず、クレアはただデュランの上着を握る。それに応えるように、デュランはクレアを支えてくれた。

先に視線を逸《そ》らしたのは、キャロルのほうだった。キャロルはクレアのほうへ視線を動かし、にこりと微笑んでみせる。

「どうにも邪魔が入って仕方がありませんね。また機会を作るといたしましょう」

そう言って、キャロルはクレアたちに背を向けて歩き出した。悠々と、広場を横断していく。まるで雑談を終えて去っていくかのような気軽さに、クレアは慌ててデュランの腕の中から身を乗り出した。

「待ちなさい！」

クレアの叫びがキャロルに届いたかはわからなかった。彼女は一度として振り返らず、夜雨に紛れて姿を消した。

「放して、捕まえなきゃ……」

「落ち着け。今追うのは無理だ。この階段を駆け下りる気か？」

もがくクレアを押さえつけて、デュランは階段を蹴った。雨で濡れた石畳は滑りやすく、満足に追跡ができるとも思えない。それを認めざるを得なくて、クレアは唇を噛んだ。

「今は犯人の顔と名前がわかっただけでも収穫と思え。それよりも、クレア」

クレアから離れたデュランの指が、階段下を指さす。指さした先は、先ほどクレアが見つめていた場所だ。

「あそこにいたのはパール王女で間違いないか？」

「……ええ」

クレアは、小さく顎を動かした。

「まだ、いる」

濡れた石畳に膝をついたパール王女は、愛《いと》おしそうに、嬉しそうに、階段下に倒れたアネットの金髪を撫で続けていた。

四章 ✺ レディ・ファントムとメイナード公

翌朝、クレアは目の痛みと共に目を覚ました。

昨夜、デュランに連れられて屋敷に戻ったクレアは、ミセス・ペインにこっぴどく叱られた。そのうち泣き出してしまった彼女と抱きあって、大泣きしてしまったのだ。久しぶりに子どものように抱え込まれた彼女の胸の中は、昔と変わらず温かかった。

寝る前にちゃんと冷やしたのだが、足りなかったらしい。クレアの目はしっかり腫《は》れていた。

クレアはいつもより濃いめに化粧をして、食堂に下りた。食堂では、すでに起きていたらしいヘイリーが焼きたてのパンにかじりついている。

「おはよう、クレア。やっぱりもう少し冷やしておけばよかったね」

「嫌だ、わかる？　ずいぶん化粧で誤魔化したんだけど……」

「普段の君の顔を知ってるとね。それでも君は可愛《かわい》いから、気にしなくていいよ」

ヘイリーはおどけてそう言うと、ウィンクをひとつ、クレアに投げてよこした。

あくまで軽い調子はクレアを気遣ってのものだろう。

クレアにはそれがむずがゆくて、感謝するのと同時に居たたまれない気持ちになってしまう。

「ありがとう、ヘイリー。ねぇ、デュランは？　改めて昨晩のお礼と謝罪がしたいのだけど……」

聞けば、デュランはクレアが机に放りだした手紙を読んで、すぐクレアの後を追ったらしい。

彼が迅速《じんそく》に動いてくれなければ、クレアは今頃、目の腫れに悩むことすらできなかっただろう。クレアにとってデュランは命の恩人にほかならず、気持ちを落ち着けてからもう一度お礼をしようと決めていた。

クレアの申し出に、ヘイリーはにこっと笑った。

「あいつなら、身支度を整えるって一度家に帰ったよ。そろそろ戻ってくるんじゃないかな」

「身支度？　貸した服じゃだめだったかしら」

ヘイリーが今着ている服も、クレアが貸し出したクレメンスの服だ。デュランにも、昨日と同じように服を貸していた。特に不満もないようだったが、やはり着なれない服への違和感が強かったのだろうか。

しかし、ヘイリーは苦笑して首を横に振った。

「あいつはそんな繊細な感性持ってないよ。まあ、なんだ。勝負服に着替えに行ったんだと思って楽しみにしててよ」

「楽しみにするようなものなの？」

「俺は楽しみかな、君がどんな反応をするか」

ヘイリーは悪戯《いたずら》っ子のように、くくくと笑った。その笑みに、なんとなく嫌な予感を覚えつつも、クレアは自分の席に着く。

昨夜のことを気遣ってだろう、朝食はクレアの好物ばかりだった。ドライフルーツを練りこんだ菓子パンに、冷製ローストチキン、桃の砂糖煮。ローストチキンにはオレンジのソースがかけられていて、甘酸っぱさが癖になる。桃の砂糖煮はミセス・ペインのお手製だ。余った果物で作ったものだから、と、クレアはめったに食べさせてもらえない。

はしたなくない程度にはしゃぎながら、クレアは朝食を口に運んでいく。

不意に、クレアの背後から手が伸びてきた。その手はクレアの皿から桃の砂糖煮をひとつ取り上げて、盗み去っていく。男の手だ。ヘイリーはクレアの正面にいる。彼以外に、この屋敷に今出入りできる男など、デュランしかいなかった。

「ちょっと、デュラン！　ほしいならちゃんと準備してあげるから……」

反射的に叱責の声を上げながら振り返る。しかし、三角になったクレアの目はすぐに丸くなり、怒りの言葉は尻すぼみに消えていってしまった。

「なんだ、間抜けな顔をして。淑女の表情とは言い難いな」

ふてぶてしい言いざまも、声音《こわね》も、間違いなくデュランだ。怜悧《れいり》な顔立ちも、榛《はしばみ》色の瞳も昨夜のまま。けれど、彼の特徴的な髪の色はすっかり白金色に変わり、纏《まと》う衣装もフロックコートからモーニングへと変わっている。

「あなた、髪が……」

「ああ。こっちが地毛でな。あの染料、しっかり染まるのはいいが落とすのが大変なんだ」

デュランは白金色の前髪をつまんで、面倒くさそうにそう言った。事態が呑《の》み込めず、未だ呆然《ぼうぜん》としているクレアを見下ろして、デュランはため息をつく。

「仕方がないだろう。あの姿で宮殿に戻るわけにいかない」

「きゅ、宮殿？」

「ああ。君にも来てもらうぞ。というか来てもらわないと話にならない。午前の拝謁《はいえつ》が始まる前に滑り込まないと」

「待って、待ってちょうだい、話についていけないわ」

クレアは混乱して大きく首を振った。デュランの髪が染めたものだったとか、宮殿に戻るだとか、クレアには呑み込めない事態ばかりだ。助けを求めてヘイリーを見ると、彼はニコニコ笑っていた。

「何を笑っているのよ、説明してちょうだい！」

「あはは。だって、あんまり予想通り混乱してくれるから、楽しくて」

「人の混乱を楽しまないで、性格の悪い！　どういうことなのよ？」

ひと通りクレアの混乱を楽しんだらしいヘイリーは、改めてデュランに向き直る。

「お前、説明が足りなさすぎだよ。焦ってるのはわかったからさ、せめて自己紹介してやりな」

ヘイリーに言われて、デュランの眉間《みけん》にしわが寄った。大きなため息をひとつ吐いて、胸に手を当て、丁寧に一礼する。

「失礼いたしました、レディ。この姿では、初めてお目にかかります」

クレアの様子を窺《うかが》うように、デュランの榛色の目がちらりとクレアを見た。

「私の本当の名前は、ヒューバート。……ヒューバート・レスリー・オブ・メイナードと申します」

　クレアは、今度こそ本当に言葉を失った。ただ目を見開いて、目の前で頭を下げている男を見つめる。

　アネットの縁談相手。兄の恋敵《がたき》。そんな相手になんと声をかければいいのか、クレアにはわからなかった。


　クレアが呆然としているのをいいことに、デュランはさくさくと物事を進めていった。まず、主人と同じく混乱するメイドたちに言いつけてクレアの宮廷用衣装を出させ、屋敷に置いてある一番高価な宝飾品でクレアの身を飾らせた。化粧や髪型も細かく指示し、そうして着飾ったクレアを、いつの間にか呼んでいた馬車にミセス・ペインと一緒に押し込んで出発した。

　クレアがやっと我に返った時には、すでにエルトン宮殿に到着する直前だった。

「待って、待ってちょうだい。デュランがメイナード公ってどういうこと？　公は海外留学中でしょう、それが探偵ってどうなってるの？」

　あの乱雑な事務所が一朝一夕で作られたものとは思えない。貴族のコンラッド子爵夫人が依頼を持ち込んだ以上、探偵としてある程度の実績があったはずだ。そもそも、コンラッド子爵夫人はメイナード公を疑っているという話だった。親交はなかったとしても、コンラッド子爵夫人がメイナード公の姿をまったく見たことがないとは思えない。それなのに、メイナード公本人に調査を依頼したとはどういうことか。

説明を求めるクレアに、デュランは呆《あき》れた目を向けた。

「まさか王宮が、王子が市井《しせい》に交じって生活し始めました、なんて言うわけがないだろう。詭弁《きべん》だ、詭弁」

そんなこともわからないのかとでも言うような目を向けられて、クレアは歯嚙《が》みする。

平気で人を振り回して、貴族嫌いで、神を軽んじる発言を繰り返すこの男がメイナード公だと気づく人間が、どこにいるだろう。

否《いな》、言葉の端々《はしばし》に違和感はあったのだ。だが、その違和感でデュランとメイナード公を結びつけられるのはよほどの名探偵だと、クレアは思う。

「まあ、実際」

白金色の髪を撫《な》でつけて、デュランは笑う。

「髪の色、というのは大きな特徴らしくてな。君以外の……メイナード公として顔を合わせたことのある人間でも、私の正体を見抜いた人はいない。君も今の生活が嫌になったら髪を染めて家出するといい。意外となんとかなるぞ」

「めったなことを言うなよ。お前の出奔《しゅっぽん》でどれだけの人間が迷惑しているんだと思ってるんだ」

デュランの隣に座ったヘイリーがデュランを睨《にら》む。彼もその迷惑をこうむっているひとりなのだろう。その目はひどく冷たい。

当然、デュランはその視線に動じない。真っ向から非難されても一切動揺を見せないくらい図太くないと、王家からの出奔なんてできないだろう。

「信じられない……」

クレアが呟《つぶや》いた言葉に、デュランが片眉を持ち上げてみせた。

「私が身分を騙《かた》っていると？」

「ち、違うわ。ただ、ちょっと、その……噂《うわさ》から想像してた人物像とは違うなって」

メイナード公の噂といえば、傍若無人《ぼうじゃくぶじん》極まるものばかりだ。デュラン自身が作成したはずの、あのアネットの関係者資料にも、大量に悪評が書き連ねられていた。

（自分のことなのに、容疑者の筆頭として資料を集めたってことよね？　ちょっと……それは変わっている気がするけど……）

デュランが変わり者なのは今に始まったことではないと知っているが、どんな気持ちで自分の噂を集めたのだろう。

未だ困惑から完全には抜け出せていないクレアに、デュランはにやりと笑いかける。

「噂？　たとえば」

「……浮浪児に交じって悪さをしてたとか……」

「祖母が王族たるもの下層の暮らしまで把握《はあく》しておけと言うから、彼らの生活を見せてもらっただけだ」

「女性を次々手玉に取ったって……」

「異性への愛想は良いほうがなにかと役立つ、と姉に言われたから優しい対応を心掛けていた。姉曰《いわ》く、やりすぎたらしいが」

本気で困ったように、デュランはため息をついた。

どうにも、様子がおかしい。デュランの言い分が本当だとすると、彼は相当な誤解を受けていることになる。

「じゃあ、婚約者候補の女性を手ひどく扱ったっていうのも何か事情があるの？」

「それこそ背びれ尾びれを生やして自由に泳ぎ回っている噂だ。幸薄そうな顔だと言っただけ」

「充分ひどいことを言ってるんじゃない！」

候補とはいえ、王族の婚約者に名前が挙がる女性だ。充分な家柄と教養と美貌《びぼう》を持ち合わせていたはず。そんな女性に対して幸薄そうとは、言外に婚姻《こんいん》を拒絶したのと同じことだ。協議の結果婚約が成されなかったのではなく、王族に拒絶されたから成立しなかったとなると、人生に大打撃を与えられたことになる。その女性の胸中を思うと、とてもではないがデュランを擁護《ようご》してやる気にはなれなかった。

デュランは面白くなさそうに、ふんと鼻を鳴らした。

「噂なんて大概当てにならないものだ。多くは面白おかしく誇張されていたり、歪曲《わいきょく》されている。君だってよく知っていることだろう」

そう言われて、クレアははっとした。貴族の世界でどれだけ噂が成長していくか、クレアは身を以《もっ》て知っている。それなのに、メイナード公の噂は頭から信じてしまった。噂どおりの悪人を想像して、決めつけてしまった。その噂を、デュランがどう思っているか考えもせずに。

「ご、ごめんなさい。私……」

「そんなに深刻そうな顔しなくていいよ、クレア。まったく嘘《うそ》ってわけでもないんだし、こいつの態度に問題があることは事実だから」

表情を硬くしたクレアに答えたのは、デュランではなくヘイリーだった。デュランが「デュラン・コーディ」として振る舞っていた時と同じように、気軽な様子でデュランを肘《ひじ》で小突いてさえみせる。

「まったく、問題児にもほどがあるよね。自分も家出中のくせに家出人探しとかやっちゃってさあ。聞いたことないよ、生活費のために労働する王子さまなんて」

「やかましい。それに協力したのは誰だ」

「違う、協力させられてるの。そこを間違えないでほしいな」

ヘイリーは至って普通に、デュランに言い返す。デュランもそれを普通に受け入れて、ヘイリーを咎《とが》める様子はない。その肩書や地位を知りながらも、ヘイリーにとってデュランはデュランで、「高貴なお方」ではないようだった。

（でも、デュランはメイナード公でもあるわけで。つい昨日までと同じ態度を取ってしまってたけど、私は改めたほうがいいんじゃ……）

生まれの問題はあれど、ヘイリーは貴族社会の外の存在だ。だが、クレアはそうはいかない。生まれてからこれまでの教育が、デュランに気安い態度を取り続けることに警鐘《けいしょう》を鳴らす。

「おい」

クレアが考え込んでいると、不意に顎《あご》を摑《つか》まれた。軽く持ち上げるようにして視線を上げさせられ、榛色の瞳と目が合う。

「こっちを見ろ。私は何も変わっていい、いい、いないいないぞ」

クレアの瞳を覗《のぞ》き込みながら、デュランはそう言い含める。クレアは一瞬息を呑み、そして自分の顎を摑むデュランの手を振り払った。

「レディの顔に容易《たやす》く触れるんじゃないわよ、まったくもう！　そんなだから誤解を受けるんじゃなくって？」

半ば自棄《やけ》になって、クレアはデュランを睨む。デュランは振り払われた手を軽く振って、唇の端を皮肉げに持ち上げた。

「それでいい。これからもその調子でいてくれ」

どうにも、デュランの手のひらの上で転がされているような気がして釈然としない。同じく振り回される仲間であるヘイリーに視線を向けると、彼は小さく笑って、肩をすくめた。


結局、女王との謁見《えつけん》が許されたのはデュランとクレアのふたりだけだった。ヘイリーとミセス・ペインは、揃《そろ》って馬車の中で待機するよう命じられた。心配で顔色を失くすミセス・ペインをヘイリーに任せ、クレアはデュランにエスコートされて宮殿の廊下を進む。

（正直、デュランがこれだけエスコートがうまいなんて思ってなかったわ……）

デュランのエスコートは、端的に言えば完璧だった。扉の開閉の瞬間、足元の不備、その一切をクレアが最小限の動きで避けられるように常に気を配っている。歩調も速すぎず遅すぎず、緊張で足が重いクレアに合わせて、少し前を導くように歩いている。宮殿に不慣れなクレアが足を止めずに済むよう、小さな声で道順の説明さえしてくれる。先日、クレアを無理やり公園から連れ去った時とは大違いだ。腕を取って歩くだけで、まるで自分が何よりも大切な宝として扱われているように感じる。

（なるほど、これは勘違いするご令嬢が続出してもおかしくはないわね……）

立場上、デュランがエスコートする機会は多かっただろう。それだけ、彼が無自覚に女性をたぶらかす機会が多かったということだ。

そんなことを考え、ひとり勝手に納得しながら頷《うなず》いていると、デュランの歩調が少しずつ緩やかになっていった。自然と、ひとつの扉の前で足が止まる。デュランが扉の前に立っていた侍従に来訪を告げると、頷いた侍従が後ろ手に扉をノックした。来客を知らせる合図のようだ。

豊かに実る葡萄《ぶどう》と、その蔦《つた》が巻きつく意匠を持つ、荘厳な扉だ。歴史ある扉のようで、飴《あめ》色の美しい艶《つや》を放っている。クレアの唇から、ほう、と思わず感嘆の声が漏《も》れた。

「なんだ、急にため息をついて。ここに来て帰りたいとか言うなよ」

「扉に見惚《みと》れただけよ、失礼なこと言わないで。素晴らしい彫刻だわ。どなたの作品かしら」

「さあ。女王の居室の扉だ、それなりに名のある職人ではあるだろうが」

「……え？」

一瞬、クレアの思考が止まる。今、デュランは居室と言っただろうか。てっきり謁見室か応接室に通されるだろうと思っていたクレアは、全身冷や水を浴びせられたような緊張に晒《さら》される。

客人が通される謁見室や応接室と違って、居室は完全に個人の空間だ。王族に仕える侍従や女官を除いて、王族以外が足を踏み入れることはまずない。クレアのような、王族と縁続きでもない、社交界に入ったばかりの伯爵令嬢が女王の居室を訪ねるなんて、本当ならあり得ない。

思わず、クレアは一歩後ずさりした。それを制するように、デュランの腕が腰に回る。

「ちょっと……！」

咄嗟《とっさ》に拒絶の対応を取ろうとして、クレアは言葉を呑み込んだ。女王の居室の前で、大声を上げることなどできない。クレアが表情をこわばらせ、緊張で身を硬くしているのを、デュランは心底楽しそうに見ている。それが悔しくて、クレアは思いきりデュランを睨みつける。

そうしているうちに、扉が内から開かれた。優しそうな顔をした、ふっくらした体形の女性が、ドアの前で静かな攻防を繰り広げているデュランとクレアを見て、一言「まあ」と声を漏らした。

「何かと思えば、殿下。いけませんよ、こんな朝から陛下に頭痛の種をお持ちになっては」

「おはようございます、サディアス公爵夫人。嫌だな、そう邪険にしないでください。私としては頭痛の薬をお持ちしたつもりなのですが」

「あらあら。それは、五年ほど遅うございましたわね」

柔らかな表情で、サディアス公爵夫人はデュランに嫌味を浴びせかけている。しかし、デュランはひとつも動揺することなく、大きく一歩踏み込んでサディアス公爵夫人を見下ろした。

「その分、よく効きますよ。さあ、中に入れてください。私の友人が緊張で倒れてしまいそうだ」

サディアス公爵夫人の視線が、一瞬クレアに向いた。品定めをするように頭のてっぺんからスカートの端までを見られて、クレアはかっと自分の頬《ほお》に血が上ったのがわかった。

デュランがあまりにもいつも通りに振る舞うから、それに引っ張られて淑女としての振る舞いをおろそかにしていた。それを指摘されているようで、恥ずかしくなる。

いったいどんな嫌味が飛び出してくるのかと身構えたクレアだったが、サディアス公爵夫人は体をずらしてデュランとクレアに入室を促《うなが》した。

「どうぞ。ご連絡いただいてから、陛下は首を長くしてお待ちですよ」

「私も会うのが楽しみです。クレア、こっちだ」

クレアは一瞬迷って、差し出されたデュランの手を取る。

もう引き返せる位置にはいない。ほとんど濁流《だくりゅう》に流されるようにしてここまで来てしまったが、ここからは自分の意志で来たと胸を張りたい。

ぐっとデュランの手を握ると、デュランは唇の端だけで笑った。


女王の居室のインテリアは、深い青色で統一されていた。毛足の長い絨毯《じゅうたん》や、白薔薇《ばら》が生けられた花瓶《かびん》、重そうなカーテンなど、まるで海の底に沈んだかのように青が揺蕩《たゆた》っている。女王は、小さなテーブルで今日の朝刊を読んでいるところだった。

「陛下。ヒューバート殿下のお戻りです」

サディアス公爵夫人が声をかけると、女王は顔を上げ、デュランと同じ榛色の瞳を面白そうにきらめかせながら笑った。

「まあ、まあ。可愛いパーティ、わたくしの小さな嵐ちゃん、さわがしいお帰りだこと。宮殿の外は楽しかった？」

クレアの記憶が正しければ、この再会は五年ぶりであるはずだ。それなのに、女王はまるでそれを咎《とが》めることなく、和《なご》やかな雰囲気を纏っている。

（あまり気にしていらっしゃらないのかしら）

女王とメイナード公の不仲はしばしば貴族の噂話に上がっていた。メイナード公の遊学も、女王の指示で、王宮から遠ざけるためのものだという話もあるくらいだ。だが、デュランを前にした女王は、クレアが初謁見を行った時と同じように、柔らかい笑みを浮かべている。

「寒い挨拶《あいさつ》はおやめください、陛下」

反対に、デュランはひどく冷たく言い放った。

「お耳に入れたいことがあります。人払いを」

「まあ、性急だこと。淑女のお遊びにも付き合えないようでは、おじいさまのような紳士にはなれなくてよ」

女王はひとつため息をついて、それでもサディアス公爵夫人や他の女官に向かって退室の指示を出す。彼女たちは戸惑い、女王やデュランの様子を窺いながら、居室から出て行った。たった三人が残された部屋で、女王はにっこり笑って空席を指さす。自分の対面にある、たったひとつの椅子《いす》を。

「あまり淑女を長く立たせておくものではなくてよ」

女王の意図するところに、クレアは凍りついた。気にしていない、なんてとんでもない。女王はしっかり、この放蕩《ほうとう》孫に怒っているのだ。五年も王宮に戻らず、突然謁見を申し出る、非常識な孫に。だからこそ、話をする間立っておけ、と言外に示している。

デュランは気にするふうもなく、椅子を引いた。充分座るだけの間を作って、クレアに座るよう目配せする。

（か、簡単に頷いてくれちゃって……！）

貴族としての教育が、クレアに着席をためらわせる。王位継承権二位を持つ王子を差し置いて、ただの伯爵令嬢であるクレアが着席していいはずがない。たとえ、この場の最高権力者がいいと言っていてもだ。

（けど……）

デュランをデュランとして接する。そう決めたのは、クレアだった。クレアは覚悟を決めて、女王の対面に座った。ただ椅子に座るだけなのに、これほどまでに緊張したのは初めてだ。

そんなクレアを、デュランのみならず、女王までもが笑んで見つめている。

「お会いするのは二度目ね、レディ・クレア。その様子だと、ずいぶんうちの孫に振り回されているようだけど……大丈夫？　ご迷惑をおかけしていないかしら」

「め、滅相もありません。殿下にはご助力いただいております。……いえ、振り回されているのは事実なのですが……」

クレアがほんの少し本音を混ぜると、女王は楽しそうな笑い声を上げた。クレアの背後に立つデュランが、苦虫を嚙み潰したような顔をする。

「余計なことを言うな、クレア。さっさと本題に入らせろ」

「その本題を聞かされてないんだもの、どうしろっていうのよ。何を陛下のお耳に入れようっていうの？」

「パール広場とミス・アネットのこと以外に何がある。君と私の関心事はそれだけだろう」

デュランとクレアのやり取りを面白そうに見守っていた女王が、一瞬で表情を改めた。孫をからかって遊ぶ祖母の顔から、為政者の顔に切り替えて、じっとデュランを見つめている。

「ミス・アネットの最期はご存じですね、陛下。私の妻にと、あなたが選んだ女性だ。当然、仔細把握《しさいはあく》されているはず」

「ええ、もちろんです」

「では、これは。……彼女は、とある人物によって殺された。それどころか、死後なおその尊厳を脅《おびや》かされそうになっている」

ぱっと女王が目を見開いた。女王が何か言おうと口を開きかけたが、デュランはそれを遮《さえぎ》るようにして言葉を続ける。

「ご存じですか。パール広場には、パール王女の幽霊が住み着いている。並々ならぬ執着を持ち、この世を去って七十年が経《た》ってなお、あの広場と金髪の女性に固執している。それに、ミス・アネットは狙われている。今この時も、ずっと。陛下には、それを阻止する手段を考えていただきたい」

「……本気で言っているの？　わたくしに、それを信じろと？」

淡々と言うデュランを、女王は睨み据えた。

オルランド王国の国主は、国教の首長も兼ねている。たった今デュランが語った言葉は、国教の教えに真っ向から反抗する内容だった。

「いいえ、信じていただかなくて結構。ただ、教えてください。パール王女がこの世に留まっているとしたら、その心残りは何だと思われますか」

「あなたねえ……」

女王は額に手をやってため息をついた。

デュランの言は、信じずとも認めろと迫っているにすぎない。

「あなたはいつもそう。屁理屈をこねまわして、自分の思うがままにことを進めようとする。そんな強引な手段ばかりでは、ついてくる人も少ない。現にあなたに付き従っているのはヘイリーだけでしょう？　まだわかりませんか？」

「あいつはそういう類《たぐい》のものではありませんよ。私に忠誠だの恩義だの、そういうものを抱いてそばにいるわけじゃない」

諦観《ていかん》漂う女王の言葉に、デュランは首を振る。

「今はそんな説教を受けている場合じゃないんです。いいから教えてください。パール王女が何を好み、何を嫌ったか。何を思って、パール広場を作ったのか。私が今知るべきなのはそれだけだ」

頑迷とも言える態度で、デュランは女王に相対する。聞き分けのない孫息子を、女王は冷たい目で見据えている。両者が共に引く気がないのは明らかで、クレアはぎゅっと拳《こぶし》を握った。

「恐れながら、申し上げます。陛下」

意を決して、クレアは口を開いた。

デュランはクレアが来なければ話にならないと言った。おそらく自身が祖母と対立するのを見越したうえで、潤滑剤、あるいはデュランの主張を後押しする役目を期待してのことだ。クレアを巻き込んだということはこれはアネットのための行動で、ならばクレアは、それに応《こた》えなければならない。クレアもデュランも、ただアネットの死の真相を知るため、その解明のためだけに互いの手を取ったのだから。

女王の視線がデュランからクレアに移動する。女王が小さく頷き、クレアに発言を許したのを確認してから、クレアは早鐘を打つ心臓を抱え、噛まないように気をつけながら言葉を紡《つむ》ぐ。

「わたくしは敬虔《けいけん》な国教徒と自負しております。日曜日の礼拝はかかしたことがありませんし、バザーにも日曜学校にも多く貢献しております。わたくしより信心深い者は多いでしょうが、わたくしと同じ状況にあっても信仰を貫ける者はそういないでしょう」

握り合わせた両手の指が震えている。当然だろう。今からクレアは、いつでもクレアの首に縄をかけられる人物に、背反と取られても仕方のない発言をする。

「そのうえで、申し上げます。パール王女は、未だこの地に囚《とら》われておいでです。パール広場で……パール王女が、アネット様の髪を撫でるのを見ました。あの方は、アネット様がご自身の死を認めるのを待っておられる。アネット様を下水道に引きずりこもうとしておいでです。お願いです。何をしてでも、わたくしたちはアネット様をお救いしたいのです。どうか、教えてください。パール王女が何を心残りにされているか、心当たりはありませんか。些細なことでも構いません。少しでもアネット様を哀《あわ》れに思う気持ちがおありなら……」

懇願するクレアを見つめる女王の榛色の瞳が冷たい。あの初謁見の日、優しく声をかけてくれた女王とはまるで別人のような、冷酷《れいこく》な顔つきだった。

「情、ですか」

呟くように、女王は言った。

「王冠を被った時に、最初に捨てたものです」

クレアは、自分の体からどっと冷や汗が噴き出たのがわかった。襟《えり》足や、組んだ指の間に、ねばつく汗が浮かんで気持ち悪い。万が一クレアが破門でもされれば、エイベル伯爵家に大打撃を与えることになる。それだけはどうにか避けたかった。なのに、クレアの唇は震えるばかりで、言葉を発してくれない。

「私の友人をいじめるのはそこまでにしていただきましょう」

クレアの肩にデュランの手が置かれた。じわりと温かい手のひらに、冷えた体が温められていく。デュランの熱を分け与えられて、クレアはほっと楽になった息を吐き出した。

「貴族の中にだって、幽霊やら妖精やらを信じている連中は多いでしょう。だいたい、王家が有する城にだって山ほど幽霊譚《たん》があるんです。どうして幽霊が見えるってだけでそこまで追い詰める必要があるのか、私にはわかりませんね」

まくしたてるデュランに、女王は目を瞬《またた》かせた。

「ずいぶん、レディ・クレアを気に入ったのね」

頬に手を当て、小首をかしげる女王の様子は無垢《むく》な少女のようで、先ほどの冷徹さは鳴りを潜めている。ころころと変化する女王の印象に、クレアはただ困惑する。

デュランは忌々《いまいま》しそうに顔をしかめて、女王を睨んだ。

「気に入るも気に入らないも、情も無情もどうでもいい。すべてはあなたが国民を脅かす変事を解決する力を持った有能な為政者か、保身のために口をつぐむ卑怯《ひきよう》者か、それだけの話です」

デュランの挑発に、女王の眉がぴくりと動いた。しかしデュランは素知らぬ顔で平然としている。

「まったくもう、好戦的なんだから。いったい誰に似たのかしら。あなたの父があなたと同じ歳《とし》だった時には、もう少し落ち着いていたと思うのだけど」

「父も母も、叔父上さえ、私は間違いなく陛下の血を引いていると言いますよ。父の若い時を思い出すよりご自分の若い頃を思い出されたほうがよろしいのでは？」

嫌味を嫌味で切り返されて、女王もまたむっと顔をしかめた。その顔は、つい先ほどのデュランとそっくりで、どうあっても両者の間に血の繋《つな》がりを感じずにはいられない。

「パール王女は……」

女王はふっと息をついて、語り始めた。

「いいえ、パール叔母さまは、哀れな犠牲者でした。すべてはかのフォルクマー王家に我が血統を組み込むため……そのためだけに、彼女はフォルクマーに嫁がされました」

咄嗟に、クレアは席から立ち上がりかけた。これは、いち伯爵令嬢が聞いていい話ではない。聞いたが最後、抜け出すことは叶わない場所に足を踏み入れることになる。そう判断したからだった。

しかし、それはデュランによって阻《はば》まれた。ぐっと肩を押さえ込まれて、椅子に座り直させられる。片手で押さえられているだけなのに、どうあがいても立ち上がれない。クレアが困惑のままデュランを見上げれば、彼はクレアに目もくれず、じっと女王を見つめている。

クレアとデュランの静かな攻防を見て取って、女王は思わずといった様子で笑みを浮かべた。

「本当はね、公爵令嬢との縁組だったのですよ。けれど、何の因果か、フェルモ王子と恋に落ちたのはパール王女でした。当の公爵令嬢からは恨まれるし、大臣たちには渋い顔をされるし……何しろ、慎重に慎重を重ねた縁組でしたから。予定外のことが起こって、計画が全部くるってしまった。その時わたくしはまだ生まれていませんでしたが、宮廷は、それはもう蜂《はち》の巣をつついたような混乱ぶりだったそうですよ」

クレアの抵抗を知ってか知らずか、女王は穏やかな口ぶりで先々代国王時代の思惑を語って聞かせる。

「当時の国王は、公爵令嬢と王女が入れ替わっただけだと言って、大して気に留めていなかったそうです。むしろ、直系の王女を送りこめるのですから、王にとっては都合がよかったのでしょう。国内外の反発を無理やり抑え込んで、パール王女を嫁がせて……あとは子の誕生を待つだけの状況まで整えましたが、うまくはいきませんでした。子ができる前に、フェルモ王子が亡くなってしまったから」

それは、クレアも知っていることだった。子どもがないことを理由に、パール王女はフォルクマーからオルランドに戻される。そして父王の庇護《ひご》のもと、フォルクマーで得た知識と人脈を駆使して数々の建造物を手掛けた。若くして死去したが、恋を実らせ、その後自立したパール王女の物語は、今も貴族、庶民《しょみん》を問わず人気が高い。

女王は、少しだけ、視線を下げた。

「思惑が外れたパール王女の父王はひどく落胆《らくたん》して……パール王女に宮殿をひとつ与えたきり、二度と見向きしなかったそうです。パール王女からの面会の申し込みもすべて拒絶して、やり取りはすべて侍従が行っていました。わたくしが知る限りは、公的な場以外で顔を合わせたことはないはずです」

「それは……」

クレアは思わず、声を上げた。

それは、健全な親子関係とは言えないのではないか。クレアの母ですら、クレアを忌避《きひ》しながらも最低限は交流する。一切の関わりを断つなど、常識を逸脱している。それとも、この広い王宮で暮らす王族にとっては不思議なことではないのだろうか。

クレアの困惑は、確固とした言葉にはならなかった。それを慰めるように、デュランの手がクレアの肩をぽんぽんと優しく叩く。

「パール叔母さまは、独りがお嫌いな方でした。自分が寝つくまで、必ず女官をひとり、枕元にいさせるほど孤独を恐れておられた。そんな方が、実父にそんな扱いをされて、耐えられると思いますか？」

今や、女王はクレアを見つめていた。デュランと同じ榛色の瞳に見つめられて、クレアは身を硬くする。そして、おずおずと首を横に振った。

女王は頷いて、皮肉げに笑みを浮かべた。

「巷《ちまた》では美談になっているそうですね。題材にした演劇を宮中でも何度か上演しました。けれど、真相は美談にはなりそうもない。パール叔母さまは、父王の関心を得るために、公園や宮殿の建設、下水道の敷設に打ち込んだのですよ。国民のためとか、オルランドのためとか、そんな壮大なことを考えていたのではないの。ただ、寂しさを埋めたかっただけ」

あまりのことに、クレアは何も言えなかった。

パール王女が生きた現実が、美しく整えられた舞台とはまるで違うことくらい、承知しているつもりだった。だから彼女に憧《あこが》れを抱くことはなかったし、彼女を題材にした演劇や小説に首をかしげることもあった。だが、今女王の口から語られたパール王女の人生は、クレアの想像からもかけ離れていたものだった。

「そうして愛を得ようと無理を重ねて、結局、体を壊して二十八の若さで天の御国へ旅立ちました。その時、わたくしはまだ四つの少女でしたが……忘れられません。雷鳴と共に、使者がやってきて、すでに寝床に入っていた父に報告しました。わたくしもナニーに起こされて、一緒に聞いたのです。パール王女ご逝去《せいきょ》、ご自身の宮にて……」

その時のことを思い出すように、女王はクレアの背後に視線を動かした。数度、ゆっくり瞬きをして、女王はクレアとデュランに視線を戻す。

「パール王女が未だこの地に未練を残し、天の御国に向かえないというのであれば、それは寂しさからでしょう。あの方に、ひとりで歩く力はない。亡くなった宮殿ではなく、パール広場にいらっしゃるというのも、正直、納得がいきます」

「な、なぜですか」

クレアは思わず身を乗り出した。それは、クレアたちの懸念事項のひとつだった。

パール王女が手掛けた建造物は多く、オルランド王国中に散らばっている。自身の造ったものに執着しているのなら、ほかの場所にも現れるはず。だとすると、彼女が手にした金髪の女は数えきれない人数になるだろう。さらに、キャロルと名乗ったあの女がパール王女に手を貸しているなら、あの女が現れる場所もそれだけ多いことになる。とてもではないが、追いきれない。

だが、パール広場が選ばれた一か所だというのなら、手の打ちようがあるかもしれない。期待を込めて、クレアは女王を見つめる。

その様子を、女王は悲しそうな笑みを以て受け止めた。

「パール叔母さまが手掛けた建造物は数多くあれど、パール王女の名を冠した建造物はパール広場だけですもの」

女王は深く椅子に腰かけ、窓の外を見た。女王の部屋の窓からは、美しい宮殿が軒《のき》を連ね、綺麗に整えられた庭園を眺めることができる。

この宮殿の中にも、パール王女が手掛けたものがあるのだろう。それがどれなのか、クレアにはわからなかった。

「あの場所にいれば、みんなが自分の名前を呼んでいるのが聞こえる……」

女王は、感情の見えない声音で、そう呟いた。

五章 ✺ レディ・ファントムとお茶会

女王との謁見《えっけん》を行った三日後、クレアはデュラン、ヘイリーと共にリーヴァイの下水道に足を踏み入れた。

ぬめる壁と床、つんと鼻孔《びこう》を刺す刺激臭。灯《あか》りはひとりひとつ携《たずさ》えたランタンだけで、一切陽《ひ》の光が差さない閉鎖空間では、足元を照らすくらいの明るさしかない。作業用の、人がすれ違える程度には道幅のある通行路を歩いているとはいえ、真横にはリーヴァイ中の汚水を集めた下水道が流れている。

万が一汚れても構わない格好をしているとはいえ、汚水で汚れるのは嫌だ。片手でスカートを持ち上げ、おっかなびっくり歩くクレアに、クレアの後ろを歩くヘイリーが苦笑した。

「どうせなら、いつかみたいに男装で来ればよかったのに」

「できるわけないでしょう。女王陛下のご下命よ」

慣れない悪臭に顔をしかめながら、クレアは胸に抱いた手紙をぎゅっと抱きしめる。

パール王女の人生を語ったあと、女王はクレアに命令を下した。

「この事件が解決するまで、女王付女官としてメイナード公を手伝うこと」――つまり、引き続きデュランと共に、解決に向けて尽力せよと、そういうことだ。

女王の女官という立場ならば、ある程度の権力と自由が約束される。本来なら、有力貴族の妻子しか就けない役職だ。今回、一時的なものとはいえクレアがそんな立場に任命されたのは、ひとえにデュランと行動を共にしていても後から何とでも言い訳できるようにするためだろう。

そうしてクレアはデュランと駆け回り、ひとつの策を打ち立てた。

パール王女が父に見捨てられた寂しさから凶行を繰り返しているのなら、その寂しさを埋めてやればいい。一時でも未練を忘れることができれば、彼女は父や夫が待つ天の御国へ向かうだろう。

クレアが後生大事に抱いているのは、パール王女の未練を晴らすために調《ととの》えた、宮殿での茶会の招待状だった。

そんなクレアの様子を、今度はクレアの前を歩くデュランが鼻で笑った。

「君は本当に骨の髄《ずい》までオルランド貴族だな。私と子爵領に行った時は怒りくるっていたくせに、女王の命令には不満のひとつも漏《も》らさない」

「あの時と今では状況が違うでしょ！」

「変わらないさ。これがよくてあれがダメな理由がわからない」

「全然違うわよ。あれは下手《へた》したら婚前旅行と捉《とら》えられかねないのよ。今回はどこからどう見ても仕事だもの」

「いいや、口さがないやつは平気で君のことを男ふたりを手玉に取る悪女だと言うね。それなのに君ときたら、陛下の命令があるからってほいほいついてきて……」

「失礼なことを言わないでちょうだい。あなたが陛下をどう思おうがあなたの勝手だけどね、私をうっぷん晴らしの対象にしないで！」

「まあまあ、クレア。こいつがこういうやつだって、もうわかってるだろう？」

喧々諤々《けんけんがくがく》と言い合うデュランとクレアに、ヘイリーが口を挟む。

「デュラン。お前も水を差されて不愉快なのはわかるけど、クレアに当たるなよ。本当に嫌われても知らないぜ」

ヘイリーにたしなめられたデュランは、黙ったままそっぽを向いた。その態度が、またクレアの神経を逆なでする。

眉尻を跳ね上げたクレアが口を開く前に、ヘイリーが後ろからクレアの背をぽんぽんと叩く。

「声を荒げるような喧嘩《けんか》はここを出てからにしよう。ここは音がよく響くし、ねずみや幽霊以外にも人が多くいる場所だから」

同じくヘイリーにたしなめられて、クレアは口をつぐんだ。それを、デュランが勝ち誇ったように笑って見ているものだから、クレアは苛立《いらだ》ちのままにデュランを睨《にら》む。デュランは、それすら楽しそうに、くつくつと低く笑い声を上げた。

クレアがいくら睨んでもデュランは痛くもかゆくもないようで、それではクレアにはどうしようもない。仕方がなくぞろぞろと三人並んで進み、鼻も刺激臭に慣れてきたころ、デュランがぴたりと足を止めた。

地上で言う三叉路《さんさろ》、その手前で三人は立ち止まる。

「ここだ」

手に持った地図を確認し、デュランは煉瓦《れんが》で覆《おお》われた下水道の天井を見上げる。複雑に入り組み、枝分かれした下水道を歩くには、地図は必須だ。

「ここが、あの階段の真下？」

クレアの問いに、デュランは頷《うなず》いた。

「ちょうど、アネット嬢の遺体があった場所。その真下だ」

そう言われて、クレアも天井を見上げた。この真上で、アネットは今日も階段を転げ落ち、広場に倒れ伏している。そして彼女が下水道に引きずり込まれるのを、パール王女は今か今かと待っている。

（そうはさせない）

数多《あまた》の女性と同じようにはさせない。そのために、クレアはここまで来たのだ。

大事に持ってきた招待状を、クレアは宝物のように取り出した。

「それ、どうするの？　置いていく？」

「そうするしかないと思う。パール王女は今、ここにはいらっしゃらないみたいだし……」

パール王女が下水道やパール広場の周辺にいることはわかっている。ただ、都合よく現れてくれるかというと、そうではないようだった。

念のため、周囲を見回したクレアの視界に、灰色の輪郭《りんかく》を持つ人影が映りこむ。ぎょっと目を見張ったクレアだったが、すぐに表情を悲しみに曇《くも》らせた。

「そう……あなたも囚われてしまったの」

その言葉に、デュランとヘイリーがクレアの視線を追う。デュランとヘイリーには何も見えない。しかし、クレアは確かに幽霊の姿を認めている。クレアがよく知る、もうひとりの犠牲者。

「マーサ……」

目を丸くするヘイリーの横をすり抜けて、クレアはマーサに近づいた。

何よりも身なりに気を使う性分だった彼女は今、乱れ髪を顔にまとわりつかせ、愛嬌《あいきょう》に満ちていた丸い瞳は恨みと怒りでぎらぎらと燃え、泥と雨水で汚れた服を引きずって、クレアを睨みつけている。

彼女の体に、傷らしい傷は見当たらない。ということは、この姿は階段から転落死する直前の姿なのだろう。

クレアが目の前に立っても、マーサは何も言わない。ただ憎しみのこもった目で、クレアを睨むばかり。

デュランには背負い込みすぎるなと言われたが、それでもマーサの存在を無視することはクレアにはできなかった。

何かが違えば、マーサはここにはいなかっただろう。死ぬことすら免《まぬが》れただろう。彼女は常に最悪の選択をして、命を落として下水道に囚われた。クレアはそれを哀《あわ》れに思いこそすれ、自業自得だと指をさすつもりにはなれなかった。

「マーサ」

名前を呼んで、手を伸ばす。それを見たマーサの唇が薄く開き——次の瞬間、クレアの体は後ろに引っ張られた。背後に控えていたデュランの胸に後頭部を思いきりぶつける形で受け止められる。

突然クレアの肩を摑《つか》んだヘイリーが、そのまま思い切りデュランに向かって投げ飛ばしたのだ。それを理解できずに、クレアはただ驚きと痛みに目を瞬《またた》かせる。

クレアが何かを問う前に、下水道に鈍い金属音が響いた。今までクレアが立っていたその場所に、小さな手斧《ておの》が突き刺さっている。ヘイリーが引っ張ってくれなかったら、その手斧は下水道の床ではなく、クレアの頭に直撃していただろう。手斧を振り降ろした浮浪者風の男が、ぎょろりとした目でクレアを見た。

「え……?」

クレアが状況を把握《はあく》するよりも早く、ヘイリーが動いていた。手斧を抜こうと力を籠《こ》める男の腕をヘイリーが捕らえるところまではクレアの目でも追えたが、そこから先、何が起こったのかクレアにはわからなかった。

クレアが瞬きをする一瞬のうちに、男はうつ伏せにされて、その腕をヘイリーにねじ上げられていた。男は身動きしたくても動けないのか、唸《うな》り声を上げて頭を振っている。

「なに……?」

ぽかんとしたまま、クレアは制圧された男を見た。

それは、薄汚い格好をした痩《や》せぎすの男だった。脂《あぶら》で固まった髪と、垢《あか》でまだらに変色した肌、浮き出た首裏の骨。いつから着ているのか、擦《す》り切れたシャツとズボンは泥と汚物で汚れ、この寒さに裸足《はだし》でいる。

「人間か。お前を連れてきていて正解だったな」

クレアを庇《かば》うように抱きしめたまま、デュランが言った。ヘイリーは苦々しげに笑って、それでも男を押さえつける手を緩めようとはしない。

「さて、あまりご婦人に痛ましい場面を見せるわけにもいかないし、さっさと答えてくれるとこちらも手間が省けるんだが、いかがかな」

デュランの言葉に合わせるように、ヘイリーが男の髪を摑んで顔を上げさせた。白目の大きなぎょろりとした目が、デュランの姿を捉える。

顎《あご》が外れたのかと思うほど、男の口が大きく開いた。

「呪われろ！　呪われろ、簒奪者《さんだつ》の子らめ。恥知らずの蛇《へび》め、今に神の裁きがお前の身に降りかかる……」

「黙らせろ」

喚《わめ》き散らす男の言葉に耳を貸すこともなく、デュランは短く命じた。命じられたヘイリーはそれに一切のためらいを見せず、男の額を地面に打ちつける。男は、小さくくぐもったうめき声を上げたきり、ぐったりと項垂《うなだ》れてしまった。

悲鳴を上げて男から目を逸《そ》らしたクレアに、デュランは首を横に振ってみせる。

「早とちりするな、殺してない。気絶させただけだ」

そうだろう、と水を向けられて、ヘイリーは渋い顔のまま頷いた。

「王侯貴族襲撃の実行者だもの。あっさり死なせたりしないよ、いろいろ聞かなくちゃいけないことがあるからね。とはいえこの様子じゃ、聞き出せることも少なそうだけど」

言いながら、ヘイリーは懐《ふところ》から取り出した手錠《てじょう》で、意識のない男を後ろ手で縛《いまし》めた。そして周囲に視線を走らせ、デュランを仰ぎ見た。

「後詰めの兵はなさそうだ。失敗すると思っていないか、失敗しても構わないか……そこんとこは測りきれないけど」

「今これ以上襲撃されないならそれでいい。クレア、それで、どうしたらいい」

「あ、ええと……」

デュランにここまで来た本来の目的を果たすよう促《うなが》されて、クレアは慌《あわ》てる。

襲撃にも、それを制圧したヘイリーにも驚いていたし、混乱していた。大事に持っていた招待状を握りつぶす、なんて愚行は犯さずに済んだが、体をこわばらせた際に胸に押しつけてしまったせいか、多少しわが寄っている。

（どうしよう、紙からインクから全部こだわって書いてもらったのに。書き直したほうがいいかしら。でも、後日に回してその間に雨が降ったら……また被害者が出てしまったら）

解決策を探して考え込むクレアは、不意に、下水道の中に人が立っているのに気づいた。体に貼りつくほど薄いワンピースを着た、その灰色の輪郭を持った人物は、落ちくぼんだ眼窩《がんか》の中に爛々《らんらん》とした光を宿して、クレアを見つめている。見知らぬ顔ではない。間違いなく、アネットの生母——ヴァイオレットだった。

その姿を見つけてすぐ、クレアは下水道のほうを向いて床に膝《ひざ》をついた。ドレスが汚れるのも構わず、ヴァイオレットに微笑《ほほえ》みを向ける。

「先日は、失礼いたしました。ヴァイオレットさん」

両手で持った招待状を、そっと下水道の中にいるヴァイオレットに差し出す。

「パール王女殿下に、お渡しいただけますか。お茶会の招待状です。ぜひお越しくださいと、お伝えください」

ヴァイオレットは、ゆっくりと招待状に手を伸ばした。両手で受け取って、胸に抱きしめる。そうして、ふっと消えてしまった。空中に残された招待状が、ひらひらと下水道に落ち、汚水の川を流れていく。

「え……今ので大丈夫なの？　流れてったけど……」

「ここに置いていくのも流すのも同じことだし、大丈夫だと思うわ。それに、ヴァイオレットさんなら、使者としてこれ以上なく適任でしょう」

　不安そうに尋《たず》ねるヘイリーにそう答えながら、クレアは流れていく招待状を見送る。不安がないわけではない。本来、クレアは幽霊が見えるだけの人間だ。研究者などではないクレアが、正しく幽霊のことを把握しているという保証はどこにもないのだ。ただ今は、クレアの経験則が正しいと思うほかない。それ以外に、頼るものなどないのだから。クレアは、不安を握りつぶすように拳《こぶし》を握った。

「帰るぞ。そこの男も、スクエアに突き出す必要がある」

　クレアの不安を知ってか知らずか、ただ下水道の流れを見つめ続けるクレアに、デュランがそう声をかけた。

「今、行くわ」

　答えたクレアは、下水道から視線を引きはがす。行きとは反対に、男を担《かつ》ぎ上げたヘイリーが先頭に立ち、デュランを殿《しんがり》に、クレアを真ん中にする形で、一行は下水道を後にした。

エルトン宮殿の一画には、全面ガラス張りの大温室がある。他でもない、パール王女が建造した温室だ。パール王女の象徴である白薔薇《ばら》を中心に、多種多様の花々が植えられている。

本来なら人が立ち入ることのないこの時期に、庭師は大慌てでお茶会用のスペースを整えてくれたらしい。クレアは庭仕事の大変さは知らないが、いろいろと説明してくれる庭師の顔色から、彼の苦心が見てとれた。

今にも倒れそうな顔色の庭師を労《ねぎら》って、クレアは彼を下がらせた。大温室にはすでにお茶会用のテーブルセットが運び込まれ、プチケーキやクッキーといった茶菓子も準備されている。

クレアはその準備の様子を、白薔薇のアーチの傍《かたわ》らで見つめていた。宮殿に勤める侍女や侍従たちの働きぶりは、舞台上の演舞のようにも見える。仮とはいえ女王付の女官であるクレアは、何度か手伝えることがないか尋ねたのだが、そのたびにやんわりと断られてしまった。給仕の何たるかも知らないクレアが交ざっては、逆に迷惑になるのだろう。仕方がないので、こうして邪魔にならない隅《すみ》に避けて、ただ彼らの仕事ぶりを見守っている。

「顔がこわばっているぞ。緊張しているのか？」

頭の中でお茶会の段取りをおさらいしていたクレアに、いつの間にかやってきていたデュランがそう声をかけた。

黒い礼服に身を包んだデュランは、今日は生まれ持った見事な白金髪を陽《ひ》の下できらめかせている。

本来お茶会は女性の社交場だ。基本的には男子禁制なのだが、今回ばかりは特例を作らざるを得なかった。

今回の主催は女王が務めるが、客はパール王女とクレアだけだ。内容が内容だけに、事情を知らない貴族を招くわけにもいかない。女王主催の、王族を招く茶会なのに、他の客が伯爵令嬢ひとりでは格が落ちすぎる。そこで女王は、打開策としてメイナード公たるデュランにも参加を命じたのだ。これで、なんとか体裁は保たれる。

「緊張しないわけないでしょ。王家のごくプライベートなお茶会に放り込まれるんだもの。パール王女だって何とか説得しないといけないんだし」

「そこは陛下に任せておけば大丈夫だろう。生前のパール王女のこともご存じなんだ、君が気負うことじゃない」

「そんなの無責任よ。そもそもパール王女の姿が見えて声が聞こえるのは私だけなのよ。責任重大じゃない」

むっとしてデュランを睨んだクレアに、デュランは笑ってみせる。

「君は真面目だな。クソ真面目というやつだ」

「汚い言葉を使わないで。あなたに馬鹿《ばか》にされるいわれはなくてよ」

「馬鹿になんかしてない。褒めてるんだ」

「どこがよ」

いつも通りの調子のデュランと会話するうちに、自然と肩の力が抜けてくる。浅くなっていた息が楽になって、呼吸がしやすくなった。

（まさか、私を気遣って、わざと？）

クレアは訝《いぶか》しんでデュランを見上げたが、彼はいつも通りの仏頂面《ぶっちょうづら》で、その真意は読み取れない。クレアはそれ以上、デュランの考えていることを読み取ろうとするのをやめた。彼がメイナード公であることも気づけなかったのだ。これ以上、彼の内面を暴くことなどクレアにはできないだろう。

「そういえば、ヘイリーは？　姿が見えないけど」

「今日は本業のほうだ。ここのところずっと振り回していたからな。そろそろ上司の目がきつくなっているらしい」

デュランはやれやれといった様子で肩をすくめている。なんとなく嫌な予感がして、クレアの表情がひきつった。

「まさか、今まで本当はお仕事があったのに無理やり駆り出していたの？」

「君、ローレルスクエアがあんなに暇だと思っていたのか？」

質問に質問で返されて、クレアは額を押さえた。

なんということだろう。クレアは、ヘイリーは上手《うま》く仕事とデュランの手伝いを両立させているのだとばかり思っていた。実際は、この公爵閣下《かっか》のわがままで仕事を抜けさせられていただけらしい。

「労ってあげなくちゃ……」

この件が片付いたらヘイリーに何か贈りものをしよう、とクレアは心に決める。未婚の女から未婚の男に贈ることができるものなどたかが知れているが、振り回しに振り回されて、少しもいい思いができないのは辛すぎる。

「悪いことばかりじゃないぞ。王族にも覚えがいいと箔《はく》がつく。実際、出世が早かったのは私や母がしょっちゅう呼び出すのも理由だろうしな」

「出世が早くて上司と王族の間で板挟みにされるのは悪いことでしょう」

クレアは心の底からヘイリーに同情した。こうして無理難題を軽い気持ちで吹っかけられては応じてきたのだろう。

そんなクレアに、デュランが言い返そうとしたところで、くすくすと軽い笑い声が背後から聞こえてきた。

見ると、漆黒《しっこく》のデイドレスに身を包んだ女王が、扇《おうぎ》で口を覆って上品に笑っていた。その後ろでは、サディアス公爵夫人が温厚そうな容貌《ようぼう》に似合わぬ冷たい目でデュランを見つめている。

なんとなく察していたことではあったが、サディアス公爵夫人はデュランのことをよく思っていないようだ。そしてそれはデュランも同じようで、ふたりが顔を合わせると必ず冷たい視線の応酬が始まる。

しかし、今回はサディアス公爵夫人以上に気に入らない相手がデュランにはいたようだった。彼は疎《うと》ましそうに、実の祖母であるはずの女王を見る。

「なんです、陛下。盗み聞きの忍び笑いとは品のない」

「こんな場所で盗み聞きも何もあるものですか。ずいぶん楽しそうにしていると微笑ましく思っただけです」

孫をからかう口実ができて嬉《うれ》しいのか、女王はころころと鈴を転がすような笑い声を上げている。ぱちんと音を立てて扇を閉じ、女王はクレアに笑いかけた。

「あなたはわたくしに似て好き嫌いが激しいですからね。仲良くなれるお嬢さんがいてよかった」

「……余計な勘繰《かんぐ》りはやめていただきましょう。下世話な真似は老化の始まりですよ」

楽しそうな女王とは対照的に、デュランは苦虫を噛《か》み潰したような顔をしていた。

「ま、ひどい。わたくしはもう七十を越しているのですよ？　それなのにまだ老いるのを許さないというの？」

「ええ、陛下はまだまだ若々しくいらっしゃる。その調子であと五十年は頑張れるかと」

「それだけ長く一緒にいたいと思ってくれるのね、優しい子。嬉しいわ」

デュランがどれだけ嫌味を重ねても、女王は一切堪《こた》えた様子がない。在位六十年、自国のみならず他国の重鎮を相手取ってきた女王にとって、二十歳《はたち》の若造の嫌味など大した打撃でもないのだろう。

「さて、レディ・クレア」

デュランの隣で小さくなっていたクレアは、急に呼びかけられて飛び上がった。「はい」と返事をしたものの、その声は裏返っている。

「打ち合わせ通り、今日の給仕はサディアス公爵夫人が務めます。その他の者はみんな下がらせますから、用事があるなら今のうちに済ませておきなさい」

「は、はい」

背中に鉄の棒でも入れられたかのように、クレアの背筋がピンと伸びる。去っていたはずの緊張が、再びクレアの体に戻ってきていた。

こわばったクレアに、女王はふっと柔らかい笑みを見せる。

「今回、あなただけが頼りです。頼みましたよ」

女王の言葉に、クレアはぎゅっと両手の拳を握り合わせた。

「――はい」

絶対にうまくやってみせる、そう固く決意する。緊張していようが、していまいが、関係ない。己がやるべきことをやるだけだ。

ホストの席へと移動する女王に従って、クレアとデュランも各々《おのおの》の席に着く。大きな円卓の、十字に椅子《いす》が置いてあり、女王の右手にデュラン、左手にクレアの席がある。今は空席である女王の対面の椅子は、パール王女の席だ。

焦《じ》れる気持ちを抑えて、クレアはただ待った。時折女王に菓子を勧められたり、格式ばった話し方をデュランにからかわれたりしながら、ただ待った。

そうして、ティーポットのお茶が一度空になった時だった。

急に空気が冷たくなった気がして、クレアはティーカップを置いた。白薔薇のアーチのほうを見やると、咲き誇る薔薇の下に、それに負けない繊細さを持つ美女が立っている。

あの雨の夜、パール広場で見たのと変わらない姿をしたパール王女だった。彼女は白い頬《ほお》に笑みを浮かべて、来場の報《しら》せが響くのを待っている。

「……来られました」

　クレアが小さく告げると、女王はただ静かに、クレアの視線の先を見た。新しいティーポットを取り上げたところだったサディアス公爵夫人は、顔色を失くして縮こまっている。デュランはというと、口に放り込むところだったプチケーキを皿の上に戻して、クレアと女王の動向を見守っていた。

「アーチの下?」

「はい」

　女王は短くクレアに確認を取ると、にっこりと薔薇のアーチに向かって微笑んでみせた。

「お久しゅうございます、パール叔母さま。ようこそおいでくださいました。さあ、お座りになって」

　デュランが立ち上がって、女王の対面にある椅子を引いた。それを合図に、パール王女は滑るようにしてアーチの下から出て、優雅な仕草で着席する。動作のひとつひとつが洗練された、高度な教育を受けた淑女のふるまいだった。

　クレアがひとつ頷くと、デュランは自分の席に戻る。そして、彼から見れば空席のままのパール王女の椅子を、じっと見つめている。

「ああ、ご紹介が遅れました。こちらはわたくしの孫のヒューバート。今はメイナード公の称号を預かっております。それから、そちらのお嬢さんはこのお茶会を計画してくださったレディ・クレア。利発そうなお嬢さんでしょう？　今度、ヒューバートと婚約する予定ですのよ」

女王の言葉に飛び上がりかけたクレアは、理性を総動員して淑女の笑みを維持した。いつの間に、女王付女官からメイナード公の婚約者に変わっていたのだろう。一切そんな話は聞いていないが、少なくとも今否定できるだけの胆力《たんりょく》はクレアにはなかった。

その代わりに、顔をしかめたのがデュランだ。

「陛下、また勝手にそのようなことを言い出して。私の意向は無視ですか」

「まあ、おほほ。あなたが口を出せる立場だと思って？　聞いてくださいましな、パール叔母さま。この子ったら、王族の身でテラスハウス住まいだったのですよ。今回のお茶会を機に戻ってきてくれたのですけれど、本当に跳ねっかえりもので手を焼いていますの。叔母さまからも何とか言ってやってくださいな」

女王は笑いながらパール王女に話しかける。女王の目からもパール王女の姿は見えていないはずなのに、まるで相手が生きているのと変わらない物言いだ。

パール王女は楽しそうに、くすくすと笑っている。

ちらりと寄越された女王の視線に、クレアは微笑を返した。

「覚えておいでですか、叔母さま?」

クレアの微笑を受けて、女王はパール王女に語りかけた。少女のように頬を染め、昔を懐かしみ目を細めて微笑《わら》う。

「あなたが作ったこの温室で、あなたはまだ幼いわたくしと遊んでくださった。花の名前を教え、歌を口ずさみ、本を読んでくださった。ええ、まだ四つかそこらの時でしたが、しっかり覚えておりますわ。あなたの振る舞い、あなたの声、あなたの微笑……」

女王が語るごとに、パール王女の表情がうれし泣きの形に歪んでいく。その様子を、クレアはつぶさに観察していた。

何か異変があった時に、一番に反応できるのはクレアでなくてはいけない。今、クレアの目はそのためにあるのだから。

「それなのに……」

まっすぐパール王女に語りかける女王の視線が、憂《うれ》いを帯びた。

「いったい、何をお考えですか。なぜもぐらのように、地下に潜んでいらっしゃるのですか。いったいどういうおつもりで、わが国民を害するのですか」

女王に糾弾《きゅうだん》されて、パール王女の表情がひきつった。

クレアの頬を、冷や汗が伝う。女王の言葉は、明らかにパール王女の逆鱗《げきりん》に触れた。和《なご》やかだった空気が、ひび割れるように凍《い》てついたものに変わっていく。パール王女の姿を見ることができないデュランやサディアス公爵夫人もそれを感じ取ったようで、ふたりとも険しい顔をしている。

それでも、女王は言葉を止めなかった。悲しそうに、憐《あわ》れむように、パール王女の席に視線を注いでいる。

「どうか、思い出してくださいませ。あなたの美しい心根、その名の通り真珠のように美しい微笑を。思い出してくださいませ」

女王の手が、パール王女に向かって差し出された。

「あなたの居るべき場所はここにある。国の下ではなく、国の上に。さあ……」

女王の声音《こわね》は優しく、慈悲に満ちている。しかし、差し出された女王の手を見るパール王女の表情は、怒りで醜《みにく》く歪みきっていた。

机上のティーセットがカタカタと音を立てて震え始める。サディアス公爵夫人の悲鳴が温室に響いた。クレアとデュランも焦った様子で腰を上げたが、女王だけは微動だにしなかった。

突然、陶器の砂糖壺《つぼ》が糸に吊られたように空中に浮かんだ。そして、弾丸のように風を切ってまっすぐ女王へと飛んでいく。

「だめ！」

クレアは咄嗟《とっさ》に腕を伸ばして、女王と砂糖壺の間に割って入った。無我夢中で腕を振って、なんとか砂糖壺を弾き飛ばす。砂糖壺はちょうど手首の骨に当たったようで、びりびりと腕全体に痛みが走り、クレアは悲鳴を押し殺した。クレアの手で床に払い落とされた砂糖壺は、粉々になって無残な姿を晒《さら》している。

――お前に――なにが――

冷えきった空気が振動している。ぞっとするほど暗い声に、クレアは身を震わせた。

――なにが――わかるというの――

地を這《は》うような、低い声。花びらのように淡く色づいた可愛《かわい》らしい唇から、怨嗟《えんさ》に満ちた声があふれ出てくる。

デュランの視線がクレアに向けられている。状況を問われているのだとわかっていたが、それに応《こた》える余裕がクレアにはなかった。先ほどまで和やかに笑っていたはずの彼女は、あっという間に悪意の塊《かたまり》と化してしまった。次に何が起こるかわからなくて、クレアは怯《おび》える猫のようにパール王女から目が離せない。

「陛下……」

震える唇で、クレアは女王を呼んだ。

何よりも、女王の安全を最優先に考えなければいけない。一刻も早く、この悪意の塊から女王を遠ざけたい。逃げて、と、そういう意味合いの呼びかけだった。サディアス公爵夫人は震えながらも主人の傍《かたわ》らに立ち、デュランもまた、次に何が飛んできてもいいように目を光らせている。

だが、女王は一点を見つめたまま、一切の動きを見せなかった。女王の視線の先には、怒りに髪を揺らめかせるパール王女がいる。女王には見えていないはずなのに、まるでパール王女がどこにいるか確信しているようだった。

「いい加減になさいませ」

冷たく、威厳に満ちた一言だった。

「幼子のように癇癪《かんしゃく》を起こして。末の孫でも、そのように喚き散らすことはありませぬ」

パール王女の行いを、ぴしゃりとはねのける言葉だった。容赦《ようしゃ》のない叱責に、クレアだけでなく、デュランやサディアス公爵夫人まで息を呑《の》む。

「まずは、レディ・クレアに謝罪を。あなたの癇癪で、うら若き娘が傷を負ったのですよ」

凛《りん》とした態度で、女王はクレアの赤くなった腕を示してみせた。それに反発するように、机上の茶器が激しく揺れる。

「パール・アレクシア！」

　女王は眉尻を跳ね上げ、強く眼前を睨みつけた。齢《よわい》七十五の老女とは思えぬ気迫に、その場にいる誰もが気圧《けお》された。揺れていた茶器が、ぴたりと止まる。

「そのような振る舞いを、誰が許しましたか。非を責められて暴れる、そんな無法を誰がお教えしましたか」

　女王がゆっくりと立ち上がる。小柄なはずの女王が、ひどく大きく見えた。一歩、一歩、踏みしめるようにゆっくりと、女王はパール王女のいる椅子へと近づいていく。

「いたずらに我が国民を手にかけておいて、王女としての責務は忘れた、などという戯言《たわごと》は許しません。行儀作法は、言うまでもなく叩きこまれたでしょう？　さあ、立って。レディ・クレアに謝罪を」

　重ねて示されて、パール王女は戸惑ったようにクレアを見た。そして、滑るようにして立ち上がり、クレアの前に移動する。

「あ……」

　クレアは戸惑い、項垂《うなだ》れるパール王女と見守っている女王を見比べた。こんなことは初めてだ。慰撫《いぶ》ではなく、叱咤《しった》で幽霊の行動を改めさせるなんて、クレアは思いつきもしなかった。

パール王女の細い指が、赤くなったクレアの手首に触れた。ひやりと冷たい感触に、クレアの肩が跳ねる。

――痛いのね
平静を取り戻したパール王女が、痛ましそうに目を伏せた。労《いたわ》るようにクレアの手首を撫《な》でてから、彼女は深く頭を下げる。

――乱暴をして、ごめんなさい。オルランド王家の者にあるまじき行いでした。この身ではお詫《わ》びするほか何もできないけれど……

「で、では」

咄嗟に、クレアはパール王女の言葉を遮《さえぎ》った。今パール王女は冷静で、クレアに対して罪悪感を抱いている。この隙《すき》を突かねば、クレアがパール王女に物申すことなどできない。

「お答えいただけますか。先だっての、雨の晩を覚えておいでですか。わたくしが、初めて殿下にお目にかかった夜です。あの時、伴《ともな》っていらっしゃったのは誰ですか。キャロル・サムズと名乗ったあの者は、いったいどこの誰なのですか。教えてください。あれは……」

震える拳を隠すように、クレアは指を組んだ。パール王女の榛《はしばみ》色の瞳を見上げて、嘆願する。

「わたくしのたったひとりの親友を殺した、殺人犯なのです」

どうか答えてくれ、と心から祈った。少しでいいから、手がかりがほしい。アネットの命を奪い、尊厳すらも奪わんとしたあの女を野放しにはできない。否《いな》、したくない。あの女のすべてを暴き、罰を与えたい。たとえ、女王の敷いた法で裁くことができなかったとしても。

パール王女は、黙ってクレアを見つめていた。小さく口を開き、閉じ、何かをためらうようにしながら、また開く。

――彼女のことは……わたくしも、よく知らないのです。下水道で彷徨っていたわたくしに気づいて、わたくしの寂しさを埋める方法を考えてくれた。同じ境遇の……金髪の女性を集めようと。寂しくてたまらない、そんな女性を集めてお互い慰めようと……

パール王女の答えにクレアは何も言えなかった。

アネットも、寂しかったのだろうか。寂しくてたまらなくて、それを隠すこともできなくて、パール王女を慰めるための相手として選ばれてしまったのだろうか。――クレアでは、その寂しさを埋めてやることはできなかったのか。

やるせなさで、クレアはうつむいた。クレアの寂しさはアネットが埋めてくれたのに、クレアがアネットのためにできることはもうない。それを突きつけられたようで、虚《むな》しかった。

——殿下、と呼ばれていました
パール王女の声に、クレアははっとした。

顔を上げれば、苦しそうに表情を歪めたパール王女が、クレアを見つめている。

——定期的に……下水道に、集まる人たちがいます。キャロルを慕い、彼女を殿下と呼んで、何事か企《たくら》んでいる……キャロルは、彼らのリーダーのようでした。……キャロルがわたくしに寄り添ったのも、恐らく、彼らと一緒に集まる場所がほしかったからでしょう
パール王女の告白に、クレアは息を呑んだ。

「それは……」

クレアの脳裏に、招待状を下水道に持っていった日のことが浮かぶ。あの時クレアを襲った、浮浪者風の男。あの男について、クレアは何も知らされていない。デュランやヘイリーが何も言わないのだから、聞く必要すらないと思っていた。だが、もしあの男こそが、キャロルに繋《つな》がる人物だったとしたら。そして、デュランを「簒奪者の子」と呼んだあの男が、キャロルを「殿下」と呼び、「何事か企んでいる」人間のひとりだとしたら、おのずとして、最悪の予想が頭に浮かぶ。

突然顔色を失くして、表情を硬くしたクレアに、パール王女の言葉が聞こえない他の

面々は眉を寄せる。

クレアは、彼らにパール王女の言葉を伝えなくてはいけない。そのために、ここにいるのだから。

「定期的に、人が集まっているのですね。キャロル・サムズをリーダーと仰ぎ、彼女を殿下と呼ぶ人たちが……。彼らが集まっている理由を、殿下はご存じですか？　いったい何を、企んでいる連中なのですか？」

問いかけの形を取ったクレアの言葉に息を呑んだのは、サディアス公爵夫人だった。彼女もクレアと同様に顔を青くして、自身の主人を見つめている。対して、女王やデュランは一切の動揺を見せなかった。ただ、クレアの視線の先、パール王女が立つその位置を、じっと見つめている。

パール王女は、ゆっくりと首を振った。

――わたくしは、なにも。嫌な感じがして、近寄らなかったから
「そう、ですか……」

思わず浮かんだ落胆《らくたん》を、クレアはなんとか振り払った。

「ありがとうございます、パール殿下。たくさんお聞きして申し訳ありませんでした。どうかお許しください」

クレアは無理やり唇の端を持ち上げて、笑みを浮かべる。一礼して下がろうとしたクレアの頰を、パール王女の指が撫でた。

——ごめんなさい

悲しそうな顔をして、パール王女はそう言った。

——わたくしが、あなたの親友を奪ってしまったのね

榛色の瞳から、ぽろりと涙がこぼれた。クレアは、何も言えずにその涙を見つめている。

——喪《うしな》う悲しみは、わたくしが誰よりも知っているのに……

ぽろぽろと涙をこぼすパール王女に、クレアが抱いたのは怒りだった。

今更後悔されても、もう遅い。今日もアネットは、あの大階段を転げ落ちている。二度と肉持つ体には戻れない。恋人に触れることも、友人と笑いあうこともできない。たとえアネットが自分の死を認めて大階段から動けるようになっても、言葉を交わせるのはクレアだけだ。そんなことには、何の意味もない。

けれど、その怒りをパール王女にぶつけることにも、クレアは意味を見いだせなかった。だから、ただ黙って、唇を嚙んだ。

「……叔母さま」

沈黙が降りた空間に、言葉を投げかけたのは女王だった。

「叔母さまを忘れることなどどうしてできましょうか。我らが真珠、無垢《むく》の王女。あなたとあなたの夫の恋物語は、今もなお人気を博している。……あなたも、観たことがあるでしょう？　レディ・クレア」

女王に言われて、クレアは無言のまま頷いた。パール王女の名前は、国民ならば誰でも知っている。劇で、戯曲で、小説で。ありとあらゆる娯楽作品で、パール王女の恋物語は人気のモチーフだ。

「忘れません。あなたはオルランド王家の娘で、誰もがうらやむ恋をした。いかに最期が涙で濡れていようとも……国民はあなたを愛し、慕っていますよ」

女王は、微笑んでそう言った。パール王女は、クレアの前に立ち尽くしたまま、何も言わなかった。ただ悲しそうに、うつむくクレアを見つめている。

──国民の愛を免罪符にして笑うわけには、いきませんね

ぽつりと、パール王女の唇から言葉が漏れた。

──わたくしは許されないことをした。越えてはならない一線を越えた。ただ寂しさを埋めるため……わが身可愛さに……

パール王女のドレスのスカートが、風を孕《はら》んだようにふわりとなびいた。王女の灰色の輪郭が、光の泡に包まれていく。

──死者を裁く法はない。わたくしの罪は罰することができない。ならば……これが唯一、あなたの寂しさを紛らわせるための方法でしょう

きらきらとした光の泡が、クレアの頬を撫でた。パール王女の瞳からこぼれる涙すら、宙に消えていく。

──ごめんなさい。あなたの大切な人を奪ってしまって。ごめんなさい。何も贖《あがな》えなくて。ごめんなさい。ずっと気づけなくて。ごめんなさい。謝ることしかできなくて、ごめんなさい。ごめんなさい……

光の泡に包まれ、涙を流しながら、パール王女は謝罪を繰り返す。完全に消えるその瞬間まで、パール王女はクレアを見つめていた。

パール王女が消え去っても、クレアは動けなかった。ただ立ち尽くして、パール王女が立っていたその場所を眺めている。

「……クレア。大丈夫か」

業《ごう》を煮やしてクレアに声をかけたのは、デュランだった。パール王女が消えたのがわからない彼は、ちらちらとクレアの視線を気にしながら、クレアに近寄った。

「こんなの、初めてよ」

呆然《ぼうぜん》と、クレアは言った。自分の耳に入る声すら、自分のものではないかのように、現

実離れしている。

「自分の意志で……消えるなんて。天の御国に向かうなんて……そんなことができるなんて、知らなかった……」

クレアの言葉に、デュランは不可解そうに首をかしげる。

「それは、旅立ったということか？　もう幽霊として出てくることはない、と？」

確認されて、クレアは頷く。

あの光の泡。大階段のブルネットの少女も、はるか昔に見送った祖母も、あの光の泡に包まれて消えた。未練を晴らすほか、天の御国へ向かう方法などないと思っていたのに、そうではないのだと、まさかこんな形で示されるとは思っていなかった。

「……これだけで、済むなんて」

目の前で起こったことが信じられない。もっと長丁場になると覚悟していたのに、パール王女はあっけなく消えてしまった。

「お茶会に誘われて、叱られて、慰められて、それで……それで終わり、なんて」

信じられない。信じたくない。アネットが死んでからのすべてが、これだけで終わってしまった、なんて。

たった数時間のふれあいで、終わることだったのだ。それだけで、アネットやマーサは、死なずに済んだかもしれない。今も、笑って過ごしていられたかもしれない。

「いいや、まだだ」

呆然としているクレアに、デュランが声を上げた。

クレアがぼんやりとデュランに視線を向けると、デュランは眉間《みけん》に深くしわを刻み、睨みつけるようにしてクレアを見つめている。

「まだ終わっていない。キャロル・サムズ。あれを見つけるまでは」

言われて、クレアははっとした。

そうだ。まだ終わっていない。アネットを直接手にかけたと思われる女。下水道に潜伏し、人を集めている女。パール王女を唆《そそのか》して取り入った、謎の女。

「絶対に見つけ出す。よからぬことを企《くわだ》てているなら、なおさらだ。君にも協力してもらうぞ、クレア。パール王女からの情報は、君しか知らないのだから」

デュランの視線には険がある。思わぬ情報が入ったのだから、当然だ。もうこれは、一介の探偵や伯爵令嬢が抱えておけることではない。

「なんでもするわ。あの女を捕まえるためなら、なんでもする」

パール王女のしたことは裁けない。罰することもできない。だが、キャロル・サムズは違う。あれは確かに生きている人間で、間違いなく王家に対して弓を引いている。ならば、裁くことも罰することも、必ずできる。

クレアの言葉に、デュランはにやりと笑った。

「言ったな？　働いてもらうぞ、レディ・クレア」

嫌な予感に、ぞわりと肌が粟立《あわだ》った。だが、今更引くことなどできるはずもない。

「言ったわ。せいぜい利用してちょうだい」

半ばやけっぱちになったクレアの啖呵《たんか》をデュランは気に入ったようで、愉快そうに笑っている。それにどう応えたものか悩んでいたクレアは、女王が楽しそうににこにこしていることに、気づいていなかった。

終章　レディ・ファントムと灰色の夢

リーヴァイの地下に張り巡らされた下水道は、冬が近づくにつれて少しずつ気温が下がっていく。万が一下水道が凍りつくなんてことになったら、リーヴァイ中の汚水が美しく整えられた地上にあふれかえって甚大《じんだい》な被害をもたらすことになる。それを防ぐため、また鼠害《そがい》や入り込んだ浮浪者の対応のために日々下水道にもぐり、決められた区画を確認して回る、下水道の管理人がいる。彼らは雨合羽《あまがっぱ》と雨靴を身に着け、片手に提《さ》げたランタンの灯《あか》りだけを頼りに、悪臭に耐えながら己の職分をまっとうする。地下に集《つど》うならば、彼らの目に――お目こぼしのために支払うわずかな銅貨も持っていないのなら――充分、気をつける必要があった。

女王からキャロル・サムズの捜索と捕縛を厳命されたローレルスクエアが最初に事情聴取したのも、この管理人たちだった。

数日に渡る拘束と尋問ののち、ローレルスクエアはひとつの結論に至る。

──女王の寝首を掻《か》かんとする不届き者どもが、下水道をねぐらにしている──

女王の忠実な番犬たるローレルスクエアは、管理人たちから得た情報をもとに、すぐさま逮捕に向けて動き出した。すなわち、人海戦術による、一斉検挙である。

「ね、だから言ったでしょう？　下水道におかしなやつがいるんだって」

リーヴァイ郊外、雪に変わる直前の雨の中、下水道に繋《つな》がっているトンネルの前で、ヘイリーはひそひそと隣で待機しているリンドリー警部補に話しかけた。子熊のような体を小さくしていたリンドリー警部補は、得意げにしているヘイリーを鋭く睨《にら》む。

「若手ホープさまにとっちゃあこんな捕り物退屈なのかもしれませんがね、そいつは今しなくちゃいけない雑談ですか？　そうじゃないなら黙っといてほしいんですが」

「やだな、緊張して硬くなるほうが体が動かないでしょう。そう怖い顔をしてたら、今から何かやりますよーって言ってるようなもんですし」

「スクエアがこんだけ勢揃《ぞろ》いしてんですから、そりゃあ何かかあるでしょうよ」

吐き捨てるように言ったリンドリー警部補は、肉付きのいい顔を苦々しく歪めている。

そんなリンドリー警部補に対し、ヘイリーは軽薄な調子を崩さない。人のいい笑みを浮かべて、彼の分厚い肩をぽんぽんと叩いた。

「俺が言いたいのは、何でもかんでも嘘《うそ》だの妄想だのと決めつけるのはよくないってことですよ。……クレアやデュランの言を、女王陛下が信じたようにね」

リンドリー警部補の顔が、かっと赤くなった。押し黙り、ぎりぎりと歯を食いしばりながらヘイリーを睨みつける。

そこに、若い制服警官が足音を忍ばせて駆けてきた。

「ラス警部、指示が出ました。突入です」

「お、やっとか。待ってたよー」

ヘイリーはにこっと笑って、息をひそめて居並ぶ警官たちを見回した。

「それじゃあ、行こう。……女王陛下のご下命だ、ひとりも逃すな」

居並ぶ誰もが、手にはランタンと警棒、腰には拳銃《けんじゅう》を提げている。ヘイリーの緑の瞳に、剣呑《けんのん》な光が宿る。誰ともなく、ごく、と生唾《つば》を呑《の》む音がした。


下水道の中を、法と女王の番犬たちが駆けていく。滑る床をものともせず、下水道にたむろする浮浪者や娼婦《しょうふ》くずれを見境なく捕縛し、次々とローレルスクエア本部へと護送する。効率だけを重視した、非人道的な作戦だった。それでも、番犬たちは手心を一切くわえない。目の前にいる浮浪者は、女王を弑《しい》そうと虎視眈々《こしたんたん》と狙っているかもしれない。そんな輩《やから》を逃すことがあったら、死んでも死にきれない。

怒号と悲鳴が響き渡る中、ヘイリーはひたすら一点を目指して走っていた。

クレア、デュランと共に下水道に入ったあの日、手斧《ておの》を持った浮浪者が突如《とつじょ》として現れた。捕縛後、彼にも尋問が施されたが、支離滅裂な言葉を繰り返すばかりで有益といえる情報は何ひとつ出てこなかった。

だが、あの場で彼が出てきたことには何らかの意味がある。貴族であるクレアやデュランの姿を目にしたことによる突発的な行動とは考えにくい。彼らの来訪を予期して配置されていた襲撃者だとしたら、いささかお粗末だ。ならば、恐らく彼は番人だ。

何者があの場所に近づいても同様に行動する番人。それが彼に与えられた役割で、クレアが狙われたのは一番無防備だったから。デュランに向けた暴言は、副産物のようなものだ。

番人が配置されているのならば、拠点は近い。地図上で目星をつけた場所を目指して、ヘイリーはただ走る。事前に頭に地図を叩きこんでいなければ、すぐに迷って自分が来た道すらわからなくなっていただろう。

駆け込んだのは、下水道の中でも特に細い、入り組んだ路地のような場所だった。ヘイリーの持つ揺れるランタンが闇《やみ》を暴く。そして、より暗い闇に逃げ込むように、動く人影があった。

「逃がすか！」

咄嗟《とっさ》に、ヘイリーは手に持っていた警棒を人影に投げつけた。「ぎゃっ」と小さく悲鳴が上がって、何か重いものがどうと倒れた音がする。そして、ヘイリーが走ってきたのとは別の方向に逃げていく人影がひとつ。ヘイリーは迷いなく、腰から拳銃を引き抜き、その後を追った。

下水道の湿った空気を孕《はら》んで、逃げた人影が着ているローブが大きく翻《ひるがえ》る。よほど逃げることに必死なのか、それとも地の利は自分たちにあると信じているのか、ローブの人物は一切足音を潜めることも、身を隠すこともなく逃げていく。

「舐《な》めやがって……」

ヘイリーはひとつ舌打ちをして、手に握っているだけだった拳銃を構えた。動く標的に銃弾を命中させることは難しい。ただ、下水道が直線なのは幸運だった。実体を持たない幽霊ならばいざ知らず、相手がただの人間であるならば、ローレルスクエアたるヘイリーが後《おく》れを取るはずもない。

ガウン、と重い発砲音がひとつ響いた。続けざまに、もうひとつ。

硝煙《しょうえん》の硫黄《いおう》くさい臭いが漂う。ヘイリーは銃の引き金に指をかけたまま、撃たれた衝撃で倒れたローブの人物に近づく。肩と足を撃ち抜かれ、呻《うめ》き苦しみながらも、ゆっくりと近づいてくるヘイリーをフードの下からねめつけているのが手に取るようにわかった。

「運が良かったな。どちらも頭を狙ったんだが」

ローブの端を踏みつけ、煙を立てる銃口を見せつけながら、ヘイリーはそう嘯《うそぶ》く。ふ、とローブの人物が嗤《わら》った。

「嘘つきですね。わたしに死なれたら困るのでしょう」

その言葉に、ヘイリーも笑みを返した。そしてそのそばに片膝《ひざ》をつくと、ヘイリーは無造作にローブのフードを引きはがす。

現れたのは、瘦《や》せた女の顔だった。そばかすの散った白い肌、ブルネットの豊かな髪。獣《けもの》じみた琥珀《こはく》色の瞳だけが、ランタンの光を受けて爛々《らんらん》と輝いている。女は――キャロル・サムズは、とめどなく血が流れていく肩を押さえ、血の気を失った肌の色を晒《さら》しておいて、それでもなお目を大きく見開いてヘイリーを見据えていた。

「残念だったな、クレアを連れていけなくて。お前の王国はここで終わりだ」

女の唇が、愉快そうに歪んだ。真っ赤な口は、まるで顔に三日月型の穴が空いているようだった。

「あ――――は、あはははは！　終わり！　終わりですか、これで、まあ、それはなんとまあ、あっけのない！　死した王族をくるわせ、女たちを次々殺したわたしが、これで終わり！　あなたに捕まってぜーんぶ終わり！　まるであなたが主人公の物語のようですね、おまわりさん！　ふふ！　いかがですか、主人公になったご気分は？　さぞや快《こころよ》いのでしょう、正義と誠実を確信できるくらいには！　わたしたちの苦痛なんか、見なかったことにして！」

キャロルはきゃらきゃらと笑い声を上げ、下水道の床を転げまわる。血と泥と黴《かび》にまみれ、全身を汚しながら、それでも彼女は楽しそうだった。

「あはは——夢は覚めない——覚めたりしない——あはは——ほら、そこにも——灰色の夢——」

ヘイリーは自分の下で笑い転げる女を侮蔑《ぶべつ》のこもった目で見下ろして、それからため息をひとつついた。懐《ふところ》から手錠《てじょう》を取り出して、彼女の細い手首にはめる。痩せ細った彼女はどこもかしこも貧相で、手錠すらその腕からすり抜けてしまいそうだ。念のため、さらにロープで彼女の腕を縛《いまし》める。

ヘイリーが腕を捻《ひね》った一瞬、わずかに声を詰まらせたが、それを除いて、キャロルはずっと笑い声を上げ続けていた。

十二月、初旬。社交シーズンも間近に迫り、領地に戻っていた貴族たちもぞくぞくと首都へ集まってきている。エイベル伯爵家も例にもれず、まず長い休暇をもらっていたタウンハウスの執事が戻ってきてクレアから仕事を引き継ぎ、カントリーハウスにいる伯爵夫妻やクレメンスも、三日後にはタウンハウスに来るという。

再会早々、母である伯爵夫人からお小言をもらわないよう、執事やミセス・ペインと邸内を整えたクレアは、最後の自由を謳歌《おうか》するべく、首都中心部へと繰り出した。

「よろしいのでしょうか、お嬢さま。お供があたしなんかで……」

馬車の中、クレアの向かいに小さくなって座っているのは、マーサが抜けた後に下働き《トゥイーニー》からお嬢《レ》さま付《ディ》メイ《ス》ドへと異例の出世をしたラナだ。エイベル伯爵家へ奉公に上がってまだ日も浅く、上流階級のあれそれにも疎《うと》い彼女を今日連れ出したのはほかでもない。これを機に、お嬢さま付メイドとしての仕事に慣れさせるためだ。

「いいのよ。今までばたばたして、外での仕事をさせていなかったでしょう。今日は百貨店と……あと一か所、寄りたいところがあるだけだから。あなたの負担も少ないはずだわ」

「でも、あたし、本当ならまだ見習いで……」

「ラナ、自分のことは私、と言いなさい。それから、あんまり謙遜《けんそん》がすぎるとあなたを連れ出した私の判断が間違っているってことになるわ。気をつけなさい」

「あっ、ご、ごめんなさ……いえ、申し訳ありません」

はっとしたラナが途中で言いなおしたことに、クレアは頷《うなず》いた。エイベル伯爵領の木工職人を親に持つラナは、言葉使いにもまだ不安がある。だが、素朴《そぼく》で一生懸命な彼女をクレアは気に入っていたし、遅かれ早かれ、自分のメイドにするつもりでいた。

「不安なのはわかっているわ。でも、ミセス・ペインは高齢だし、ニコラももう結婚して子どもができてもおかしくない年齢でしょう。いつまでも彼女たちだけが私の供をするわけにはいかないの。今はまだ、戻ってきている貴族も少ないわ。今のうちに経験を積んでおきなさい」

いいわね、と念押しすると、ラナはこくこくと頷いた。その人形のようにぎこちない動きに、クレアは小さく笑う。

「あなたは私の後についてくるだけでいいわ。扉の開閉や商品のお勧めなんかは、百貨店の店員がやってくれるから。わからないことがあったら、都度聞きなさい。恥ずかしがる必要はないんだから」

「は、はいっ」

彼女が頷くたびに、幼い前髪が揺れる。そのうち、この前髪もすっかりひっつめてしまって、見ることができなくなるだろう。そう思うと、少しばかり寂しい気持ちもあった。

雇い主側の事情で、ずいぶん早い出世になってしまった。せめて、今日の外出は彼女の成功体験になるよう、精一杯お膳立《ぜんだ》てしよう。クレアはラナの主人として、そう心に決めた。


リーヴァイの百貨店「ピオニー」は、五十年ほど前に紅茶の専門店として店を構えた。そのうち紅茶だけでなく紅茶を淹《い》れるための茶器やお茶会用のカトラリー、テーブルクロスなども扱うようになり、どんどんと商売の手を広げ、今やオルランド王国一の百貨店として知られている。「ピオニー」に行けば誰でも王さまになれる——なんでも手に入る、という謳《うた》い文句は、一時不敬とそしられたものの、他ならぬ女王が常連となったことでますます人気を博すことになった。

王室御用達《ごようたし》の百貨店「ピオニー」。貴族の多くは店員を自宅に呼びつけるが、ラナを貴族社会に慣れさせることが目的である以上、クレアは自ら足を運ぶことを選んだ。今回、激しい心労に悩まされただろうヘイリーに贈る、慰労の品を選ぶためだ。

(それがまさか、こんなことになるなんて!)

目の前に並べられた万年筆を選ぼうにも、気が散って仕方がない。それは隣に控えたラナも同じようで、ちらちらと視線をクレアの背後へと頻繁《ひんぱん》に投げている。もうお供のメイドとして選ばれたことへの緊張とか、煌《きら》びやかな百貨店への気後《おく》れとか、そういったものは吹っ飛んでいってしまったようだ。

「まだかかるのか？　君、ちょっと優柔不断すぎやしないか」

背後から飛んできた声に、クレアはきっと眉尻を上げる。

「だから、待つ必要はないって言ったでしょう！　勝手についてきておいて、その言い草はひどいんじゃないの」

クレアの背後には、すっかり髪を赤く染め直したデュランが立っている。偶然この店の前で鉢合わせた彼は、何を思ったかクレアの買い物に同行すると言い出したのだ。彼の変装の出来は知っているが、正体を知ってしまった今、いつどこでメイナード公ヒューバートの顔を完璧に覚えている人間と鉢合わせないかひやひやする。

デュランの正体がばれないにしても、極めて美しい顔立ちの彼を連れて歩けばクレアの評判は「美男子を侍《はべ》らせるふしだらな伯爵令嬢」に塗り替えられてしまう。正直なところ、レディ・ファントムのあだ名よりその評判がつくほうが嫌だ。さっさと離れて自分の買い物をしてほしい。

そんなクレアの心中などデュランが汲《く》んでくれるはずもなく、デュランは横柄にその榛《はしばみ》色の瞳をすがめた。

「なんでもする、と言ったのは君だろう。おれは君の用事が済むのを待ってやってるんだ、感謝してほしいくらいだが」

「誤解を生む言い方はやめてちょうだい。あなた、ちょっと性格が悪いわよ!」

「なんだ、ちょっとで済むのか? 慈悲深いな」

クレアは痛みを主張し始めた頭に手をやって、続く罵詈雑言《ばりぞうごん》をこらえた。ああ言えばこう言う、デュランがそんな人間であることは百も承知だ。挑発に乗ればデュランの思うつぼであることもわかっている。だが、我慢しきれないことだって、当然ある。

「私に用事があるなら、せめて言ってちょうだい。何がしたいの?」

「おれの用事なんて、ひとつしかないだろう」

デュランは肩をすくめ、それ以上は言わなかった。口をつぐんだのは、クレアの目の前に若い店員がいるからだろう。客の情報は漏《も》らさないよう徹底的に教育されているはずだが、目の奥に好奇心の光がきらめいている。

クレアはため息をついて、右から二番目に置かれている万年筆を指さした。軸の塗装がなく自然な美しい木目が特徴の、見る人が見れば高価とわかる万年筆だ。

「これにします。包装紙は緑で、白いリボンをかけてちょうだい。お願い」

「かしこまりました。少々お待ちください」

店員は、手早く並べた万年筆を片付けた。一度店の奥に戻った店員は、すぐにその手に小さな紙袋を提げて戻ってきて、それをラナに手渡す。ラナは慣れない手つきで支払いを済ませ、クレアの隣に戻った。

「またのお越しをお待ちしております」

店を後にするクレアに、店員は深々と頭を下げる。その表情が心なしか残念そうにしているように見えて、クレアは苦笑した。

「それで？　あなたはなんでピオニーに来たの」

階段を下りながら、クレアは尋《たず》ねた。

「探偵業の依頼だよ。脚《あし》を悪くした男爵夫人の代わりに買い物に来た」

「……それって探偵の仕事なの？　何でも屋ではなくて？」

探偵といえば、殺人事件の捜査だとか、家出人の捜索だとか、そういうものを扱っている印象がある。首をかしげたクレアを、デュランは冷たく一瞥《いちべつ》した。

「探偵小説の読みすぎだ。殺人事件も家出人の捜索も本来はローレルスクエアの管轄だろう。おれもやらなくはないが……おれのところに来るのは、大体、後ろ暗い事情があったり、スクエアに門前払いを食らったりした分だけだ」

だいたいはなんでもない雑用だよ、とデュランは言う。いまいち納得しきれないまま、クレアはとりあえずふうん、と相槌《あいづち》を打っておいた。

「その代理のお買い物はもういいの」

「もう済ませた。あとは百貨店側が発送してくれれば仕事は終わりだ」

デュランがひらひらと手を振る。どうやら、直接百貨店から自宅へ届けてくれる郵送サービスを使ったらしい。最近、ピオニーをはじめとする百貨店が導入し始めたサービスだ。

「おれの仕事の話はいい。……行くぞ」

デュランはすたすたとクレアの前を歩いていく。クレアももう、どこに、とは聞かなかった。


昼下がりのパール広場は、今日も人であふれていた。美味《おい》しそうな香りを漂わせる食事の屋台やその客、そびえたつような階段を見上げる観光客。ここには、たくさんの人がいる。誰もが笑って、楽しそうにしている。ここで繰り広げられた悲劇など、何も知らずに。

デュランとクレアは、階段の上で並んでそれを眺めていた。ラナは、心細そうに一歩引いたところで主人を見守っている。

ここに来ると大階段の一角を確認するのが、もう癖になってしまった。そのことに自分で呆《あき》れながら、クレアは大階段に目を向ける。

そこには、淡い金髪を結い上げた、桃色のドレスを着た少女が立っている。何かを探すように周囲を見回し、そして階段の途中で転げ落ちていく。この数か月、繰り返されている行動だ。下りる。落ちる。また上に戻って、下りる。落ちる。また上に戻って、落ちていく。

「相変わらず、か？」

クレアの視線の先をたどって、デュランが短くそう尋ねた。クレアは黙って、小さく頷く。

「でも、手がないわ。あの子を引きずり込もうとしていた白い手……きっと、一緒に行ったのね」

「そうか。……ひとつ、懸念事項は消えたか」

デュランの言葉に、クレアはまた頷く。

「……あの子がここまで強情だとは、思ってもみなかったわ」

意志の強い娘だった。だが、肉の体を失って数か月経《た》っても自分の意志を貫かんとするとは、正直、予想外だった。物わかりのいい娘でもあったから、どうしようもない「死」という事象を早々に受け入れるものと思っていたのに。

「このままじゃ、話もできない」

アネットはずっと死の直前の行動を繰り返している。それに捉《とら》われている限り、クレアは手出しができない。

「死にたくないのかもしれないいな」

「え?」

デュランがぽつりとこぼした言葉に、クレアは視線をアネットからデュランへと移す。

デュランは、至極真面目な顔をして、大階段を見つめていた。

「死ねば、幽霊として君の前に立つことになる。彼女が君の噂《うわさ》を知っていたとして……まざまざと親友の死を突きつけられた君が、どれだけ傷つくか。おれならごめんだ。死んでも死にたくないいね」

「でも、認めないとずっとあそこにいることになるわ。大階段に囚《とら》われたまま……」

それは苦しいことだろう。わけもわからず、死の瞬間を何度も味わうことになる。

「おれは彼女を直接知ってるわけじゃない。調査の過程で見聞きした情報でしか判断できない。でも、彼女、自分が苦しいからって友人を傷つけることができるか? 無理だろう。

君を傷つけるくらいなら、ずっとああしてるさ」

「……そんなの、嫌だわ」

「だろうな」

　くく、とデュランが笑った。

「調査のし始めはなんとまあ対照的な友人同士だと思ったが……よく似てるよ、君と彼女は。自分のことは二の次で、相手のためなら身も矜持《きょうじ》も投げ捨てる。こうも苛烈《かれつ》な性分のふたりが出会って友人になるとは、神様も思っていなかったろうよ」

「神様を信じていないくせに、よく言うわ」

　ため息交じりのクレアの言葉に、デュランは愉快そうに喉《のど》を鳴らしている。それに嘲《ちょう》笑《しょう》の気配はなくて、クレアも強く非難することができない。

「この階段な。来月には改修工事が始まるぞ。広場側に階段を伸ばして、踊り場も作る。事故の発生率は相当下がるはずだ」

　デュランは淡々とそう言った。唐突な報告に、クレアは目を瞬《またた》かせる。

「来月……って、新年じゃない。いいの？　ここに立つ初市は相当にぎわっていたでしょう」

「代わりに、メイナード公の個人的な屋敷を開放することになった。パール広場ほどのいわれはないが、相応に立派な庭園もある。五年ぶりのメイナード公の帰還だ。会場変更の不満より、悪名高い公爵閣下《かっか》への興味関心のほうが勝つだろう」

心底面倒そうに、デュランは告げた。つまり彼は、王室に戻ることを決めたのだ。今回の社交シーズンの開始と合わせて帰国したことにするならば、探偵「デュラン・コーディ」と会うのはこれで最後になるかもしれない。

「そう……大変そうね。応援することしかできないけれど、頑張って」

散々振り回されたが、嫌いなわけではない。強引にコンラッド子爵領に連れていかれなければアネットの抱えた秘密を知ることもなかっただろうし、彼には命すら救われた。出会ったはじめに比べれば、相当に親しくなれたと思っていいだろう。だが、それはただの探偵である彼に対してのことだ。

キャロル・サムズが率いる、浮浪者を中心とした女王暗殺をもくろむ地下組織が摘発されたのは数日前のことだ。王宮での茶会の日、絶対に彼女を捕縛するのだと息巻いたが、蓋《ふた》を開けてみれば、女王の命令を受けたローレルスクエアがあっさりと解決してしまった。解決に対する安堵《あんど》感の他に、どこか肩透かしを食らったような気分になるのは、思い上がりというものだろう。

そう考えて発した激励の言葉だったが、デュランは感じ入った様子もなく肩をすくめた。

「何をひとり解放されたような顔をしているんだか。言っただろう、君にも働いてもらうぞ。君の目がおれには必要なんだ」

予想外の返答に、クレアはあっけにとられる。

「……目が必要なんて、初めて言われた」

幽霊が見える目は、いつだってクレアの障害だった。どれだけ頑張って教養を身につけても、この目がある限り疎《うと》まれる立場にいるのだろうと、そう思っていた。幽霊が見える目を必要とする人がいるなんて、思ってもみなかった。

「いくらでも言ってやる。今日だって、彼女たちの様子を確認できただろう」

デュランはにやりと笑って、大階段に背を向けた。用事は終わったとばかりにすたすたと歩いていく。軽い足取りは、なんのしがらみも感じさせない。それが、クレアはどうにもうらやましかった。

もう一度、クレアは大階段を見た。淡い金髪をふわふわと揺らすアネットが、変わらず階段の一番上に現れる。その横に、ぼろぼろのワンピースを着た、痩せこけた女が立っていることに気づいた。何度も何度も階段を転げ落ちていく娘を、彼女はただ見守っている。彼女もまた、アネットが自分の死を認めるその瞬間を待つつもりなのだろう。

夢のようだ、と思う。灰色の輪郭《りんかく》を持つ母子《おやこ》の姿を、クレア以外は誰も見ることがない。

そこにいると知ることすらない。まるで、クレアだけが灰色の夢の中にいるようだ。覚めることのない灰色の悪夢の中に、クレアは囚われている。

クレアはしばらくふたりの様子を見つめてから、視線を逸《そ》らした。

「帰りましょう、ラナ。用事は全部終わったから」

所在なさげにしていたラナは、クレアの言葉に飛び上がった。そして、可愛《かわい》らしく首をかしげる。

「お嬢さま、百貨店以外にもうひとつ行く場所があるって仰《おつしや》っていませんでしたか。もうよろしいんですか？」

「ええ。ここにね、来ようと思っていたから」

パール王女が去った今、アネットがどうなっているのか。クレアの気がかりはそれだけだった。

たったひとりの友人。誰よりも愛した人。彼女に幸せになってほしかったのに、クレアはもう、彼女のために何もしてやれない。

きっと、クレアは暇があればここに通うことになるだろう。後ろ髪を引かれて、クレアはもう一度大階段を振り返る。

ちょうど、灰色の輪郭を持つ少女が、一歩、大階段を下りるところだった。

※この作品はフィクションです。実在の人物・団体・事件などにはいっさい関係ありません。

集英社オレンジ文庫をお買い上げいただき、ありがとうございます。
ご意見・ご感想をお待ちしております。

● あて先
〒101-8050　東京都千代田区一ツ橋2-5-10
集英社オレンジ文庫編集部 気付
栢山シキ先生

レディ・ファントムと灰色の夢

集英社
オレンジ文庫

2024年4月23日　第1刷発行

著　者　栢山シキ
発行者　今井孝昭
発行所　株式会社集英社
〒101-8050東京都千代田区一ツ橋2-5-10
電話【編集部】03-3230-6352
【読者係】03-3230-6080
【販売部】03-3230-6393（書店専用）
印刷所　株式会社美松堂／中央精版印刷株式会社

ISBN 978-4-08-680555-1 C0193